Aarde

CLARA VAN DEN BROEK

AARDE

DE GEUS

© Clara van den Broek, 2006
Omslagontwerp en omslagillustratie © De Geus
Foto auteur © Patricia Börger
Druk Koninklijke Wöhrmann bv, Zutphen
ISBN 90 445 0814 8
NUR 301

Voor Poef en Louna Pief

Ik ging op een bank zitten
en vroeg mij af wat ik moest doen met mijn leven.
Toen kwam Maria.
Ze had haar blauwe sjaal aan,
haar haar was net gewassen,
en haar aureooltje stak mooi af
tegen 't bruin van haar haar.
Ze vroeg: 'Wat is er, zoetje?'
Ik zei: 'Niets, Maria. Ik trek mijn plan wel.'
Toen nam ze uit haar mand
een komkommer en een mes.
Ze schilde een stuk,
en dat heeft ze mij gegeven.
Want ze weet dat ik dat graag eet.
Mama Maria.
Zeker overlangs in tweeën gesneden.
Dan eet ik eerst het binnenste
en dan de rest.
Toen die komkommer op was,
was Maria verdwenen.

Ik breng het kind weg. Het is nog een baby. Het is nieuws-gierig. Ik vertrek. Het kijkt en speelt. Het kijkt en herkent niets. Het huilt. Het personeel heeft wat anders te doen. Het kind huilt. Het personeel doet de deur dicht en gaat naar boven. Of naar beneden. Het kind huilt. Het kind huilt tot het schor is. De kleine neus komt vol tranen. De kleine neusholten zwellen op. Van het huilen. Het kind kan niet vrij meer ademen. Het huilt omdat het niet vrij kan ademen. En dus niet in slaap kan vallen. Vooral niet als het ligt. Vooral niet als het ligt. Het personeel is bezig. Het personeel heeft het druk. Waarmee heeft het perso-neel het in godsnaam druk als het kind huilt?

Ik had een vriend.

Jacky.

Jacky had altijd een pet op, een rode, en hij had groene ogen.

Hij had ook veel geld. Zijn ouders waren rijk. Zo rijk dat het abstract werd.

Hij kon reizen. Hij kon gaan en staan waar hij wou.

Ik ben met hem meegegaan naar Canada.

Jacky paste goed bij Canada. Ik wou liever naar het zuiden, maar Jacky wou per se naar Canada.

En ik moet toegeven: Canada is heel erg mooi. Groot. Je krijgt daar claustrofobie omdat het zo verpletterend groot is. Er is daar natuur:

bossen en beren,

bergen en meren.

Zoals in de tekenfilms.

Jacky en ik hadden een Buick gehuurd, met airco en cd-speler, en we luisterden naar Moby. We stopten bij wegrestaurants. We dronken er flets bier, en aten er frieten met mayonaise van het merk Miracle Whip, geserveerd door een kortgerokte serveerster in ruitjeshemd.

Er zijn seizoenen in Canada. In de winter sneeuwt het daar. Bergen en bergen sneeuw. De mensen doen dan berenmutsen op en omgekeerde schapenvellen aan. In de zomer is het er heet. Zonnebrillen en teenslippers. In de lente bloeien er bloemen. En in de herfst staat het bos in brand door de bladeren, en zitten er eekhoorns nootjes te eten.

Bevers zwemmen van oever tot oever, om hun nest te maken. Als ze onraad ruiken, duiken ze het water in, en dan maken ze een geluid met hun staart op het water. Het geluid van een schot dat gelost wordt.

Canada wordt met jagers geassocieerd. Er zijn ook wel jagers, maar nog meer vissers. Er is daar heel veel water. Het meest van alle landen. Daarom zal iedereen binnen vijftig jaar naar Canada willen gaan. Daarom laten ze nu al bijna niemand meer binnen. Tegen de vloed die gaat komen. Nu is er nog wel plaats genoeg. Maar zoals ik zag in een reclamespot op tv: 'Als echte luxe nu eens ruimte was.'

In Canada kun je leren vissen met een hengel in een oefenvijver. Daarin zitten zalmforellen. Ik heb er ooit eens een gevangen. Jacky heeft er veel gevangen. Terwijl hij aan het vissen was, ging ik soms met de Buick rijden. Jacky had mij leren autorijden. En het was een automaat: niets aan. Ik reed met de Buick door de heuvels, met Moby op, en de wolken stapelden zich op boven het landschap, boven mij. Het begon te regenen. Ik zette mijn ruitenwissers aan. Ooit al eens de ruitenwissers van een Buick aangezet? Ze schuiven traag over de ruiten. Zalvend. Sussend. 'Trek je niets aan van de buitenwereld. Jij zit hier veilig. Je verdient het.'

Volgens Coupland is de Buick de auto van de burger.

Ik ben een burgervrouwtje. Je gelooft me niet, en toch is het zo. Mijn interieur is rustig en proper. Ik heb fijne schoentjes aan. En ik ben gaan rijden. Ik herken mezelf in lifestylemagazines.

Maar het stopte heel snel met regenen. Aan de temperatuur was niets veranderd. Het was nog altijd lauwwarm.

's Avonds hebben we de vis gebakken. Het is allemaal zoals in de verhaaltjes. We huurden een chalet, midden in een natuurgebied, een chalet met een terras ervoor. Op dat terras kon je bijna niet zitten, want dan werd je gek van de muggen. Daarom hadden ze daar muskietengaas opgehangen. Maar dat hielp niet, want de muggen zaten er al in.

Toen wij een keer binnen zaten – het was al laat, we hadden net gegeten en lazen nog een goed boek – kwam er een vos voorbij. Hij bleef even staan. Hij keek naar binnen. Zijn ogen reflecteerden, en in zijn bek had hij iets vast. Een vogel? Een rat? Een klein konijntje? We weten het niet. We konden het niet goed zien, en hij was snel weg.

Toen is Jacky hout gaan halen en hebben we vuur gemaakt.

Je moet eerst een soort tent maken met het hout. Dan moet je kranten of droge bladeren in brand steken, in die tent. En zo, langzamerhand, met veel geduld, krijg je het vuur aan. Niet te begrijpen hoe er ooit, spontaan, bosbranden kunnen ontstaan als het zo moeilijk is om een vuurtje te maken.

Heel het bos heeft meegekeken naar ons kampvuur.

Mijn eerste tong heb ik met een Spanjaard gedraaid, maar Jacky was ook niet slecht.

Karl, planologisch ambtenaar, komt informeren of de dienstwagen de eerste vrijdag van de volgende maand nog vrij is. Ik zeg: 'Ik denk het wel.' Ik minimaliseer het huidige scherm. Karl komt over me heen leunen. Hij vraagt: 'Waar ben jij mee bezig?' Ik zeg: 'Met de gemeentelijke lijsten van leegstaande en verwaarloosde bedrijfsruimten.' Ik open de agenda. Karl volgt mijn blik over het scherm. Ik hoor hem ademen. Zijn vingers gaan door zijn haar. Het ritselt. Het moet pas gewassen zijn. Het ruikt lekker. Zijn borstkas hangt ter hoogte van mijn rechterschouder. Ik beweeg mijn hoofd een beetje naar links. Alle geluiden lijken op babygehuil. Vooral de verborgen geluidjes. De geluidjes die ik, als ik niet oplettend genoeg zou zijn, net zo goed niet zou kunnen horen. Een accent in het gepiep van een stoel. Of telkens weer die nuance in het geluid van de koperblazers die in de radio van mijn buurman jazz aan het spelen zijn. De verborgen geluidjes zijn extra gemaskeerd door Karls ademhaling en bewegingen, door het gewandel in de gang. En toch snijdt die vreemde, menselijke nuance door alle andere geluiden heen en bereikt mij door een heel smalle gang, een nanobuisje. Ik moet mijn oren scherpen om te weten wat het precies is. Maar dan verdwijnt het. Zoals een lichtgevende vlek in het donker, wanneer het licht net is uitgegaan. Als je er rechtstreeks naar kijkt, zie je hem niet.

Als je ernaast kijkt, licht hij op. Een schim. De glimlach van de Mona Lisa. Ik lijk terechtgekomen in een griezelfilm. Met vreemde geluiden die doen denken aan huilende baby's. Ik scherp mijn oren en besef dat, als het al gehuil is, quod non, het onmogelijk de baby kan zijn. 'Blijkbaar geen probleem', zeg ik. 'Reserveren?' Karl zegt: 'Graag.' Ik zeg: 'Het is al gebeurd.' Karl bedankt me. Zijn lichaam verwijdert zich met een laatste neusademhaling. Wie zegt dat ik de baby niet kan horen, al liggen er kilometers tussen? Ik open mijn handtas en neem de Balisto die ik er deze ochtend in heb gestopt. Ik eet de Balisto op en hoest, omdat het droge stof van de koek in mijn keel vliegt. Het is een Balisto Korn-Mix Cereal-Mix. Daar heb je dat mee.

Jacky kocht altijd Danone-chocomousse en ik yoghurt met vanille.

Het probleem was wel dat we er geen lepeltjes bijkochten. Je kunt toch moeilijk zo'n zak met honderd plastic lepeltjes kopen, als je er maar twee nodig hebt. En speciaal roestvrijstalen lepeltjes kopen, dat vonden wij al te dom. Dus was er altijd de moeilijkheid hoe je die potjes volledig leeg krijgt. Met onze vinger eten, dat vonden we vies. Voor de rest waren we van nogal weinig vies, maar daarvan juist wel.

Maar Jacky had er iets op gevonden. Hij zei: 'Je doet je potje open. Helemaal open, het deksel eraf, want anders hangt straks je neus vol. En dan, als je yoghurt hebt, begin je eerst te gieten. Je drinkt het potje leeg in feite.

13

Maar dan komt het moment dat het potje nog niet hele-maal leeg is, en je toch niet meer kunt gieten, want alles blijft aan de wanden plakken. Dan pak je het potje met je twee handen vast, tussen duim en wijsvinger – duim onder de bodem, en wijsvinger plus andere vingers aan de rand bovenaan. En dan duw je de bodem langzaam met je duimen omhoog. Je drukt het potje eigenlijk ineen tot het een platte vijg wordt. De yoghurt schuift beetje bij beetje omhoog, en je kunt alles mooi oplikken.

Dat is het yoghurtscenario.

Met chocomousse is het in feite hetzelfde, behalve dat je direct moet duwen, zodat het geheel van de choco-mousse en bloc naar boven schuift.'

Ondertussen demonstreerde Jacky zijn systeem met zijn potje chocomousse

heel geconcentreerd

om niet te morsen.

De chocomousse verdween beetje bij beetje

op zijn tong

en in zijn mond.

Hij was net een varkentje dat met zijn snuit in de modder naar eikels zoekt.

Ik moet er als een kleuter naar aan 't staren geweest zijn, met open mond, want Jacky zei: 'Ken je dat verhaal van Sint-Antonius? Sint-Antonius is eigenlijk de patroon-heilige van de varkens. Maar naar het schijnt was hij op een dag aan het preken tegen vissen, vraag mij niet waar-om. En die vissen hebben gedurende die hele preek – en die duurde láng – met hun kop boven water, ademloos, geluisterd. En toen Antonius klaar was, hebben ze ge-knikt, en hun bek opengedaan om al zwijgend iets te zeggen.'

Dat was allemaal toen we met de trein naar de Arden-nen gingen.

We hadden boodschappen gedaan, en de trein naar Dinant genomen. Daar waren we uitgestapt, en zijn we gaan wandelen. Jacky had een duffelcoat aan, en zijn sjaal in blauw en geel en roze.

Die rook zo lekker, die sjaal.

Jezus.

Soms mocht ik die bij me houden, om mee te slapen als we niet samen sliepen. Dan deed ik hem rond mijn nek, ook al was het nog zo warm. Vaak kon ik dan niet slapen van verliefdheid.

Dus moest ik hem weer afdoen, en probeerde hem gewoon op mijn kussen te leggen. Of ietsje verder op bed.

Uiteindelijk moest ik hem echt ergens anders leggen. Anders kreeg ik mijn buik niet stil.

Natuurlijk mocht die sjaal niet te lang bij mij blijven, want dan kreeg hij mijn geur. Mijn eigen geur kan ik niet ruiken, en op mijzelf ben ik niet verliefd.

In Dinant had hij die sjaal ook aan.

Ik keek ernaar terwijl hij naar iets anders keek.

Hij keek naar de mensen die voorbijkwamen

en hij rolde een sigaretje.

Zijn haar vloog wat opzij in de wind, zijn bles vloog over zijn ogen.

Zijn ogen, die waren een moeras,

bruin en groen,
met een niveauverschil tussen de twee kleuren.
En nu hij daar zo stond te kijken,
wijdbeens en wat afwezig,
viel er veel licht in,
en waren ze bijna doorschijnend.

Hij bracht zijn sigaret naar zijn mond. Hij stak de punt van zijn tong uit zijn mond. Hij likte van links naar rechts aan het vloeitje. En dan rolde hij het dicht. Hij stak hem in zijn mond. Hij fronste zijn wenkbrauwen terwijl hij zijn aansteker zocht in de zak van zijn duffelcoat. Daarna zocht hij in de zak van zijn broek. Hij moest zijn romp daarvoor strekken, en zijn bekken wat bewegen, anders kwam hij niet tot onder in zijn zak. Hij nam zijn aansteker, en hij stak met één hand zijn sigaret aan, terwijl hij met zijn andere hand de wind tegenhield.

Hij hield zijn hoofd daarbij wat schuin,
hij fronste zijn wenkbrauwen,
en ik keek nog steeds naar hem.
Hij was zo mooi.
Ik wist niet wat ik had,
ik werd ineens duizelig.

Toen hij zijn sigaret opgestoken had, gaf hij die aan mij. Hij lachte, en gaf een kus op mijn wang. Ik nam een trekje van de sigaret, en we begonnen te wandelen.

We wisten niet waarheen, maar het ging bergop. We gingen van de weg af, gingen het bos in, en klommen en bleven klimmen.

Hij eerst

en toen ik.

Hij ging veel sneller, want hij was een meter zeven-
entachtig en ik een meter achtenvijftig. Dus in beenleng-
te gaf dat wel wat verschil. Maar hij wachtte regelmatig,
en dan lachte hij met één mondhoek naar boven. Hij zei
altijd van zichzelf dat hij een cowboymond had.

Mijn cowboy.

We klommen en klommen tot we weer bij een weg
kwamen, maar nu in een heel ander landschap, ver van
de bewoonde wereld leek het, met hier en daar een boerderij.

Het werd al donker, dus zijn we bij een boerderij gaan
aanbellen, en hebben gevraagd of we daar mochten over-
nachten. Dat was toevallig zo'n boerderij zoals je alleen in
Vlaamse films ziet, maar dan in de Ardennen. Een heren-
boerderij met een erf met bakstenen muren eromheen,
en een mestput in het midden, een groot huis, en veel
stallen.

En de herenboer,

nors maar met een goed hart,

zei dat we in de stal mochten slapen.

We moesten onze identiteitskaart afgeven, en we mochten
niet roken in de stal.

Hij liet ons de koeien zien. Boven de koeien hingen voe-
derbakken, en daarboven was een zolder

waar je met een trap naartoe kon.

Die zolder lag vol stro.

Het was zo cliché als het maar zijn kan.

De koeien dampten en gaven warmte af, dus was het ondanks het herfstweer toch nog niet zo koud. Ook omdat ik dicht tegen Jacky lag, die bang was voor een astma-aanval, want hij was allergisch voor hooi.

En ik zei: 'Ik hou van je.'

En hij zei: 'Ik durf dat niet zo te zeggen, maar ik zie je graag.'

We hebben nog wat wijn gedronken die we in de Delhaize gekocht hadden. Op het etiket stond

Vin du pays de la Vallée du Paradis.

Niets van gelogen.

Ik kan niet zeggen dat het een grand cru was, maar ik moet zeggen: ik heb nooit meer zo'n goede wijn gedronken.

En ik wilde in het stro knijpen, om mij later te herinneren dat dit moment bestaan had.

Ik was al droevig op het moment zelf,
omdat ik wist dat het voorbij zou gaan,
dat er miljoenen momenten gingen komen
waarop ik aan dit moment terug zou denken,
maar dan in de verleden tijd,
terwijl het nu nog nu was.
Ik heb eens een echografie gezien
van een embryo van ongeveer vier weken.
Dat is niet meer dan een bolletje
in de baarmoeder.
En toch ziet dat eruit
alsof alle planeten en sterren daarin zitten,
alsof het heelal en heel de kosmos,
en alle engelen en heiligen,

Jezus en Maria,
en God de Almachtige Vader,
daarin zitten.
Wel, zo voelde ik mij toen in dat stro.
Ik heb in het stro geknepen om dat gevoel erin te leggen,
dat het buiten mij ook zou bestaan,
dat het buiten mij zou blijven bestaan,
en ik er desnoods naartoe kon gaan
en het strohalmpje zou kunnen vastpakken
en ernaar kijken
om het opnieuw te beleven,
en te weten dat het waar was.

Maar de volgende ochtend, toen het licht was, en de duiven langs de gaten in het dak naar binnen vlogen, bleek daar zoveel stro te liggen dat ik niet meer wist in welk stro ik nu precies geknepen had.

We gingen naar beneden, het trapje af. De koeien, die stonden daar maar. Die vervelen zich ook niet gemakkelijk. We belden aan bij de boer. Hij gaf onze identiteitskaarten terug en ik zei: 'Merci pour votre hostilité.'
Hij riep: 'Quoi?'
Ik schoot in de lach.
Ik zei: 'Je veux dire pour votre hospitalité.'
Toen zijn Jacky en ik koffie gaan drinken. Want doordat het dag was, leken alle boerderijen opeens weer dichter bij elkaar te liggen, en bleek er een cafeetje in de buurt te zijn.
Ik dronk koffie.
Jacky dronk er twee
en rolde een sigaret.

Ik strek even de benen met een kop Royco Minute Soup. Ik sta op van mijn draaiende bureaustoel en wandel naar de kalender op de muur. De illustratie die erop staat – een biggetje met een stropdas in een mand – heb ik al zeker honderd keer bekeken. Ik bekijk hem nog eens. Ik merk nogmaals op dat de pixels, die je pas ziet van op een afstand van ongeveer twintig centimeter, alle kleuren van de regenboog hebben. Het geheel van het biggetje maakt nochtans een overtuigend roze indruk. Het lepeltje in mijn kop soep prikt tegen mijn wang wanneer ik na lang blazen een slok neem. Ik vraag me af hoeveel roze er nodig is om het geheel er roze te laten uitzien, terwijl de delen alle kleuren hebben. Ik vraag me ook af waar al die kleuren voor nodig zijn als het geheel toch gewoon roze moet zijn. De diepte van het beeld? Het drukproces? Ik draai me om. Ik blijf even staan en kijk naar de ruimte die tot mijn beschikking staat, en wandel dan naar het raam. Ik kijk naar beneden. De straat is stil. Het werk vordert niet. Het kantoor is kaal. Ik mag van geluk spreken dat ik alleen in een kantoor zit. In de meeste kantoren zit men met z'n tweeën of met z'n drieën. Hiernaast, waar ze onder meer aan het GIS werken, het Geografisch Informatiesysteem, is zelfs een landschapsbureau. Heel gehorig. Ze hebben al kasten geplaatst tussen de bureaus. Maar Viviane, mijn collega van hiernaast, zegt dat ze gek wordt van het getelefoneer. En van collega's die tegen zichzelf spreken. Of hoesten en snuiten in de winter. Eigenlijk werkt het gros van de werknemers ongeconcentreerd. Hoe zou de wereld eruitzien indien het gros van de werknemers wel geconcentreerd zou werken? Ik verdien zo'n vijfentwintighonderd euro per maand. Bruto. Mijn man ook zoiets. Zijn loon schommelt een beetje. Met het geld betalen we ons huis. De verbouwing. De babydingen. De kinderopvang en zo. Het werk vordert niet. De cijfers dansen voor mijn ogen. Ik mis de baby. Ik kijk naar het bureaublad. De pennen in de koker: een paar balpennen, een fluorstift, een potlood. Verder een paar paperclips, een gum, en een blok geeltjes. Ik kijk naar de tafelpoten. Dingen zijn eigenlijk wel lief. Ze zijn zo discreet aanwezig. Zoals deze tafel. Die staat daar zo geduldig. Zijn enige eis is zijn aanwezigheid ergens in de wereld. En dan nog. Als ik wil, maak ik hem kapot. Ik stamp ertegen. Ik negeer hem. Hij vindt het allemaal niet erg. De tafel is en blijft, zonder beweging, altijd even rustig, even discreet, even gedienstig, even stil. In mijn Royco Minute Soup drijft iets vreemds. Bij nader inzien blijkt het een verdroogd stukje groene prei. Was er geen filosofie, dan zou de wereld zo lieflijk blijven. Maar we praten over de dingen. We stoppen ze vol met betekenissen. We voelen ons er rijker door. Maar tegelijk wordt de wereld daardoor agressiever. De tafel, die net nog lief en discreet en stil was, begint nu te schreeuwen. Hij schreeuwt zijn betekenissen uit. En vooral: hij schreeuwt dat hij nog miljoenen andere betekenissen heeft. Betekenissen die wij nooit zullen kennen. Hij schreeuwt dat wij onnozele sukkelaars zijn, domkoppen die nooit echt iets zullen weten. Hij begint te schelden, te verbergen. Hij wordt ambigu, onuitstaanbaar. Woorden zijn bakstenen.

Je kunt er niet doorheen. Je kunt er niet meer uit. Wat woord is, bestaat, is actueel. Terwijl de werkelijkheid op zichzelf open is, virtueel, vol mogelijkheden. Karl komt binnen en vraagt of zijn gum hier nog ligt. Hij staat een moment wijdbeens voor me, de handen in de zij van zijn aanwezige lichaam. Hij neemt mijn gum en verdwijnt weer. De actualiteit draagt de dood, de droefenis in zich. Een oude man, die mij probeerde te versieren, zei dat betekenissen niet alleen in woorden zitten. Ware betekenis is onzegbaar, zei hij. Toen presenteerde hij mij zijn geslacht.

Jacky was eigenlijk een halve Fransman.

Zijn moeder was een Franse, een filmster, met lang blond haar en volle lippen en zwarte eyeliner zoals in de jaren zestig. Ik heb haar nooit in 't echt gezien. Jacky had wel een foto van haar in zijn portefeuille zitten. En zijn vader, dat was een Amerikaan. Die had het ook al gemaakt, maar dan in de business. Jacky's ouders waren vaag, abstract en ideëel.

In ieder geval hadden ze een huis in Nice.

Maar ze kwamen daar bijna nooit. Ze waren aan het scheiden, en over dat huis – dat kasteel eigenlijk, want het was gi-gan-tisch, met een zwembad, en een oranjerie, en een pergola, en vensterdeuren die toegang gaven tot een typische Franse tuin, en veel buxussen natuurlijk – over dat kasteel werden ze het dus maar niet eens.

Jacky zei: 'Laat ze maar vechten, ondertussen kunnen wij ervan profiteren.' En hij nam mij er mee naartoe.

Het was daar altijd mooi weer. Een blauwe hemel zoals je hem zou schilderen.

Wij aten halve meloenen, cavaillons, met een lepel, in de tuin, op gietijzeren stoelen onder een witte zonnetent.

Ik liep naar binnen en naar buiten alsof dat huis van mij was. Over de dure vloeren. Ik heb zelfs een keer de ramen gelapt. Jacky heeft mij toen uitgelachen, maar ik vond het leuk.

We hebben alle lakens van de meubels gehaald, en we woonden daar gewoon als meneer en mevrouw.

Op een keer kwamen er vrienden van Jacky op bezoek. Wij ontvingen hen. We hebben drank aangeboden, en pizza's laten komen, heel veel pizza's, veel te veel. We hebben ze niet op gekregen. En toen zijn we met hun auto gaan rijden in de heuvels vlak bij Nice. We zaten met vijf opeengepakt in een getunede Golf cabrio. Ze hadden allemaal zwart haar, de vrienden van Jacky, en ze waren zo zat als een kanon. Ze reden zo snel dat ik dacht dat mijn wangen door de wind van mijn gezicht zouden vliegen. Maar Jacky pakte mij stevig vast, en hij lachte. Ze reden zo roekeloos dat ze een paar zijspiegels van geparkeerde auto's gereden hebben in hun vaart. Bij kruispunten vlamden ze gewoon door, zonder te kijken. Het was wel nacht maar toch, er had maar een auto van rechts moeten komen en we waren in frieten uiteen gereden. Na zo'n halfuur gecrosst te hebben, waren we in de heuvels.

We stapten uit, dronken bier uit blikjes, en keken naar

de lichtjes van Nice, die honderd meter onder ons flik-
kerden, langs de zee.

Eén haalde de shit tevoorschijn, en we hebben geblowd.

Ik heb Jacky toen zo diep gekust dat ik mij nog altijd
afvraag hoe het komt dat hij die pizza's niet heeft uitgekotst. Het kon mij niet schelen dat al zijn vrienden
erbij waren, die waren toch zo stoned als een garnaal.

Ik heb Jacky's broek uitgedaan.

Zijn geslacht stond zo stijf als een menhir. Ik had er
gerust een rotsblok op kunnen leggen, het zou niet gebogen zijn onder het gewicht, dus zeker niet onder dat
van mij.

Ik heb zijn geslacht in mijn mond gestoken, en daarna
in mijn geslacht.

En hij moest zich inhouden,
en ik ook.
We hebben het zo lang mogelijk gerekt,
tot we wel moesten
of we zouden sterven van de druk.

We hebben nog een slok bier gedronken, en zijn op
elkaar in slaap gevallen.

Ik weet niet waar de vrienden van Jacky toen waren,
maar midden in de nacht, rond een uur of vier, ben ik
wakker geworden van de dorst, en ik hoorde hen lachen.
Ik ben naar hen toe gegaan om drank te vragen.

Ze zeiden: 'We hebben uw tietjes gezien. En ook uw
foef.'

Ik zei: 'Kunt ge zelf aan geen foef geraken misschien?'

En toen zijn ze melig geworden, over ex-lieven en zo, en daar had ik geen zin in. De drank was op, ik kreeg het koud, en ik was misselijk. Ik wou dat we thuis waren.

Ik ben naar Jacky gegaan.
Die was zo uitgeteld als een Chinees telraam,
alsof hij in coma was.

Ik begon aan hem te trekken en te sleuren, maar hij gromde alleen maar. Uiteindelijk, toen ik hem dan toch een beetje wakker kreeg, vloekte hij en begon mij te slaan, heel zachtjes, want hij had geen kracht, en hij sliep eigenlijk nog, hij wist niet wat hij deed.

Ik dacht: shit, dat gaat hier nog een hele nacht duren. Misschien wel tot morgenmiddag. Als iedereen zijn roes hier begint uit te slapen. En ik kan niet slapen zo. Ik voelde mij zo rot. Ik wou dat ik thuis was. Maar welk thuis eigenlijk? In ieder geval bij een nuchtere Jacky, in het huis in Nice, of in ons chalet in Canada, om het even waar, als het maar bij een nuchtere Jacky was.
Ik was zo moe zo moe.
Van het blowen waarschijnlijk.
Anders zou ik te voet teruggegaan zijn, maar ik wist de weg eigenlijk niet.
Ik ben in de auto gaan zitten,
op de bank gaan liggen,
en ik heb gewacht tot het laat genoeg zou zijn
om Jacky wakker te krijgen.

Het is zaterdag. De baby maakt me wakker. Ze heeft honger. Ik geef haar te drinken aan mijn borst. Ze slaapt nog half. Ze dommelt in. Ik zit rechtop in bed met mijn ogen dicht. Ik ben nog moe. Ik mag niet gaan liggen, want we hebben haar net afgeleerd om in ons bed te slapen. Totdat ze plotseling beslist dat het ochtend is. Dat ze uitgeslapen is. Dat het tijd is om op te staan. Ik hou haar rechtop voor een boertje. Ik zet haar op haar billetjes op mijn buik. Ik leun achterover tegen de bedkant. Ze grijpt naar mijn gezicht. Ze ziet de rode cijfertjes van de wekker. Haar handen gaan de lucht in. Langzaam duiken haar armen richting wekker. Ze moet daarbij voorover en opzij leunen. Ze helt zo ver voorover en opzij dat ze bijna van me afvalt. Ik zet haar op het bed. Ze grijpt de wekker met haar beide handen. Ze haalt hem naar zich toe. Hij is te zwaar voor haar, en tuimelt van de bedkant op het bed. Ze speelt met de elektriciteitsdraad, en vraagt zich af waar de cijfertjes gebleven zijn. De rode cijfertjes, die zich nu aan de onderkant bevinden. Tussen wekker en bed. Mijn man slaapt nog. Hij wordt zelden van iets wakker. Of hij doet alsof. Om straks verder te kunnen slapen. Dat kan ook. Dat zou ik in ieder geval doen. Als de baby er niet was. De baby maakt geluidjes. Steeds luider want ze vindt het leuk. En dus ga ik het bed uit met haar. Ik heb mijn roze nachtkleedje aan. Met een kort roze kamerjasje. Net een barbiepop. Mijn borsten zijn vol door de borstvoeding. Ik heb een mooi décolleté in dat nachtkleedje. Ik ga de trap af naar de keuken. Beneden aan de trap staat een beeld van een naakte vrouw zonder armen en zonder hoofd.

Alleen de romp en de bovenbenen. Wanneer we er langskomen, licht het gezicht van de baby op. Haar handjes gaan de lucht in. Ze lacht. Ze voelt aan het beeld. Dan gaan we naar de keuken. Ik neem een kop. Ik giet er halfvolle melk in. Ik zet de kop melk in de magnetron. De baby zit op mijn heup. Ik neem een koffielepel en de pot oploskoffie. Ik neem de verwarmde melk uit de magnetron. Ik doe anderhalve schep koffie bij de melk. En roer. En drink. De smaak van de warme melk vermengt zich met de smaak van slaap in mijn mond. De baby zit op mijn schoot, en grijpt de bloemen op het tafelkleed. Ze maakt geluiden die lijken op 'Allahoe akbar' op de minaret. Ik neem de krant, vouw hem open, probeer te lezen, maar de baby trekt hem aan stukken. Ik ga naar boven, naar de badkamer, leg haar op het verzorgingskussen. Ze begint te huilen omdat ze niet wil neerliggen. Tot de luier uit is. Dan vliegen de benen in de lucht, de voeten naar de mond. Allahoe akbar is terug. Ze bestudeert de lampen aan het plafond. Ik doe wat olie op een watje. Ik maak haar billetjes schoon. Ik smeer er crème op, en doe haar een nieuwe luier aan van het merk Colruyt. Die zijn het best in prijs-kwaliteitverhouding. Ze zijn eigenlijk gewoon het goedkoopst, en toch heel goed. Pampers zijn heel duur. Toch gebruik ik ze soms. Uit snobisme wellicht. Uit een gevoel van ik wil mijn kind het beste geven. Datgene waar het meest reclame voor wordt gemaakt, vermoed ik dan. Na de luier: het gevecht met het rompertje. En de kleren. Net als meestal, eindigt de baby in mijn armen. Ze trekt zich op aan mijn nachtkleedje. Ze komt in de nabijheid van mijn borsten. Ze wil nog eens drinken. Ik ga op de grond zitten. Zij zit op mijn schoot met de benen langs mijn romp gespreid. Ze klemt haar mond rond mijn tepel. Als een aapje. Zo blijven we zitten. We zijn stilgevallen. Een halfuur? Drie kwartier? Tot de baby weer ontwaakt uit het staren. Of tot ik het koud begin te krijgen in mijn barbiejurkje. Ik zet de baby op het blad tussen de wastafels. Ze haalt de schaal met de tandenborstels, de tandpasta, de flosdraad, de cosmetische monsters systematisch leeg. Ik kleed mij met één hand aan. Ik zet haar op de grond. Om mijn gezicht te wassen. Ze zeurt. En om dagcrème op te doen. Ze zeurt. En dan gaan we naar beneden. Ik neem iets te eten. Een bord cornflakes, of een industriële frangipane. Terwijl de baby in de box speelt. Ik kijk alsnog in de krant. Dan neem ik de baby met de rugzak op mijn rug. Ik ga naar boven om de was te sorteren. Ik doe de was in de wasmachine. Ik voel aan de was die aan het droogrek hangt. Die is nog wat vochtig, dus laat ik hem hangen. Ondertussen is de baby van het bewegen in slaap gevallen. Ik ga in de kelder kijken of er nog bio-groenten zijn voor haar middagmaal. Die zijn op. Ik ga naar de slaapkamer. Ik leg de baby bij mijn man. Hij wordt wakker. Ik zit op de rand van het bed, en zeg dat ik boodschappen ga doen. Maar hij gaat nu net opstaan. Ik ga met hem naar beneden. Hij zet een kop koffie. De baby wordt weer wakker. Ik ga haar halen. Ik laat haar achter bij de vader. Ik ga boodschappen doen. Mijn hoofd is leeg. Geen enkele gedachte buiten het praktische komt in mij op.

In de bio-winkel
sta ik voor de rij groenten en fruit.
Ik kies drie wortelen die er goed uitzien
en goed aanvoelen.
Ik kies een stronk broccoli
een ferme bloemkool
een zakje spinazie
een pastinaak
twee appelen
twee sinaasappels
een trosje rijpe bananen.
Koekjesmeel zonder gluten heeft ze nog.
Mineraalwater is er ook nog.
Ik betaal
en ga terug naar huis.

Jacky vergat heel vaak, als we gingen tanken, het deksel
terug op de tank te draaien. We waren vaak al een paar
kilometers ver, als ik vroeg: 'Het deksel is toch op de tank
gedraaid?' Dan trok zijn mond naar beneden, en zei hij:
'Shit', sleurde de auto op de pechstrook, ging kijken, en
meestal was het deksel weg. natuurlijk. Dan reden we
terug naar het tankstation, maar niets te vinden. Soms
wel, maar meestal niet.

Op een dag – ik was niet mee, ik was ziek, ik lag in bed
– was hij gaan rijden, en gaan tanken.

Hij vertrok uit het tankstation en stak een sigaret op,
want hij had de gewoonte zodra hij in de auto gestapt was
en de motor aangezet had en vertrokken was, een sigaret

op te steken. Niet met de aansteker van de auto, want dan is de eerste trek niet zo lekker, maar met zijn eigen aansteker.

Hij rookte die sigaret helemaal op, en de peuk gooide hij door het raam, zoals altijd.
Maar door de aërodynamische kracht,
is die peuk,
die nog brandde,
langs de auto in de tank gevlogen die nog openstond. En alles is ontploft.
De Buick
Blauw
De pet van Jacky
Rood
De ogen van Jacky
Groen
En Jacky zelf
Zwart
Verkoold.

Toen ik dat hoorde,
ben ik een Danone-potje gaan kopen.
Chocolademousse.
En daarna heb ik het uitgekotst.
Ik ben naar het tankstation gegaan,
maar het deksel lag daar niet meer.

Het is namiddag. De dag lijkt nog eindeloos. Het werk compleet irrelevant. Ik staar naar mijn computer. De bedragen van de heffingen op leegstand en verwaarlozing.

Tarief 1: 150% op de schijf van het kadastraal inkomen tot en met 12.350 EUR met een minimum van 3700 EUR. Het gaat tot tarief 4: 75% op de schijf van het kadastraal inkomen hoger dan 74.350 EUR. De tekst wordt abstracte kunst. Mijn geslacht is gespannen. Het wacht op een ontlading. Ik kijk naar de muren. Wat zou de baby nu aan het doen zijn? Ik hoop dat ze haar groentepap op heeft en haar fruitpap. De muren zijn wit. Natuurlijk zijn de muren wit. Witte muren maken een ruimte ruimer. Dat is een algemeen aanvaard interieurprincipe. Ik ben heel slecht in binnenhuisarchitectuur. Raar voor een vrouw, maar waar. Karl loopt langs mijn openstaande deur. Hij gaat naar de kopieermachine met een blaadje. Na ongeveer anderhalve minuut komt hij weer voorbij met twee blaadjes. Hij kijkt mijn kantoor binnen en blijft even in mijn ogen hangen. Hij heeft een corduroybroek aan met een riem en een lichtblauw hemd. Kont, teugel, borstkas. Ik kijk naar de muren. Ik heb eens een man gekend die mijn mond als mijn geslacht beschouwde. Ik hoor het geluid van mijn screensaver aanspringen. Ik kijk terug naar het scherm van mijn computer. Een astronaut zweeft diagonaal langs een satelliet in de ruimte, boven de maan. De satelliet draait om zijn as. Ik beweeg het muis-knopje en lees: 'Het gebruik van de ruimte dient rationeel te zijn. Het naast elkaar plaatsen van lege vaten kan bij-voorbeeld niet beschouwd worden als rationeel gebruik. Daarentegen kunnen grote kartonnen dozen met mate-riaal wel naast elkaar worden gezet in functie van het optimaal gebruik van goederen die in die dozen zijn gestapeld.' Ik sta op. Ik maak mijn speld los en schud mijn haar over mijn schouders. Ik wandel naar de waterkoeler aan de andere kant van de gang. Ik voel mijn borsten. Ze zijn gezwollen, maar jammer genoeg niet seksueel op het moment. Ik wou dat ik ook buiten de borstvoedingsperiode zulke volle borsten had. Dan kon ik er meer van genieten. Ik buig voorover en merk dat de bekertjes op zijn. Ik wandel terug naar mijn kantoor, mijn hok. Ik ga weer zitten en beweeg de muisknop om de screensaver, die intussen weer is aangesprongen, te doen verdwijnen. Ik kijk naar het scherm. '...een verder ongecoördineerd aansnijden en versnipperen van de open ruimte helpen vermijden.' Ik sta op, en doe de deur op een kier. Ik ga weer zitten. Ik laat me een beetje onderuit glijden, waarbij de stoel de neiging heeft weg te rollen. Ik hou de stoel tegen door mijn voeten op de grond te drukken. Ik maak mijn broek los. Ik wring mijn hand in mijn broek. Ik kom bij mijn geslacht, maar door de broek heb ik niet genoeg manoeuvreerruimte. Ik doe wat ik kan. Ik kan me niet goed concentreren. Ik ben te veel met de kier van de deur bezig. Het risico om betrapt te worden is te groot. Ik knoop mijn broek weer dicht. Karl zwaait de deur open en komt binnengelopen. Hij gaat in een stoel tegenover me zitten, legt zijn rechtervoet over zijn linkerknie en schuift nog wat onderuit. Corduroy wil corps du roi zijn. Een mannelijke venusheuvel, is dat een marsheuvel? Hij zegt: 'Oef. Het overleg rond het ruimtelijk structuurplan voor de haven is afgerond.' Ik zeg: 'Proficiat.' Hij zegt: 'En ik heb ook twee moeilijke dossiers gecontroleerd en geadviseerd. Er blijft er nog eentje over. Maar dat zal ik ter plaatse moeten gaan bekijken. Schiet het hier wat op?' Ik zeg: 'Nauwelijks.' Ik vraag me af waar ik kinderopvang voor betaal. Karl veert weer rechtop en zegt: 'Tot straks.' Ik zeg: 'Tot straks.'

Het is alsof ik een plastic bekertje ben.
Ik heb het gevoel dat ze mij maar één keer kunnen gebruiken. En dat ze mij daarna wegsmijten.

Ik vraag mij echt af hoe mannen van een zekere leeftijd – ik spreek van een zekere leeftijd, zestig en zo – het in hun hoofd halen dat zij nog lekker zijn voor meisjes.

En toch denken ze het. Ze gaan ervoor.

Massaal.

Ik zou denken: er is al zo dikwijls op mij gesabbeld dat er geen smaak meer in zit. Ze hebben mij al zo dikwijls geschud dat er geen bruis meer in zit. Maar nee, bij die mannen komt dat niet op.

Dat komt op je af met de zekerheid van een buffel. Dat hijgt, dat kijkt wat mysterieus. En dan denken ze: Ik zal doen alsof ik haar rich and famous kan maken.'

Dat begint met ellenlange gesprekken,

doodsaai,

terwijl ik mij laat trakteren.

In een Thaïs restaurant en bij een Spanjaard. En ook een saunasessie. En tientallen liters bier die ik niet heb hoeven betalen. Dat telt natuurlijk ook.

Maar je moet er wel voor werken: luisteren naar het gezeur, doen alsof het je opwindt, lachen en mysterieus kijken, naar het toilet lopen terwijl je alleen maar aan je kont denkt – dan waggelt die – en als je een hoge paardenstaart hebt, je bewust zijn van je blote nek, en het haar dat er van links naar rechts over zwiept, en dan terugkomen en doen alsof je slipje nat is, maar niet van de pipi natuurlijk.

Gegarandeerd komt dan een tijdje later zijn geslacht boven water.

Maar eerst een kus.

Ik schrik elke keer opnieuw.

Ik denk: een gewone kus op mijn mond. Maar elke keer komt daar dan die natte, kleverige tong van tussen die oude vellen van lippen.

Je moet je eigen tong niet direct weggeven. Maar als je niet de indruk wilt geven een preutse non te zijn, moet je lachen alsof er niets is gebeurd, alsof dat de normaalste zaak van de wereld is. Zijn arm glijdt langs je middel. Je loopt nog een eindje, tot aan zijn auto, of tot aan je appartement. Dan wil hij je nog eens kussen.

Als je echt geen zin hebt, doe je alsof je daar morele problemen mee hebt. Want meestal zijn het getrouwde mannen. Dan zeg je: 'Nee, we mogen niet', alsof het je de grootste moeite kost om je verlangen te onderdrukken. Of hij druipt dan af nadat hij nog eens schaapachtig gelachen heeft, of hij trekt zich niets aan van wat je zegt en wil in zijn auto met je vrijen, of meekomen in je appartement.

Dan is 't moeilijk.

Als je hem à la limite ziet zitten – à la limite, dat is een uitdrukking die Jacky altijd gebruikte – kun je overwegen om mee te doen. Maar als je hem niet ziet zitten, omdat zijn adem stinkt of omdat hij echt te oud is, maar je wilt wel dat hij je rich and famous maakt,

dan is 't moeilijk.

Dan moet je hem aan 't lijntje houden.

De meesten trappen daar wel in. Maar je moet je concentreren. Je kunt bijvoorbeeld doorgaan met je morele bezwaren, enzovoort, maar je moet hem dan wel blijven bellen daarna, en e-mails sturen, en blijven afspreken, en zo mooi mogelijk zijn. Gewoon zorgen dat er seks zit in je lippen, in je ogen, eigenlijk in je hele lijf. Daar constant mee bezig zijn. Een pak bewuste seks toevoegen aan de seks waar ze voor gevallen zijn, de seks die je al had voor je zelfbewust werd.

Ik neem het babyboek, een groot boek met witte bladen dat ik wil volschrijven. De bladen raken maar mondjesmaat gevuld. Omdat ik nooit tijd heb om er wat in te schrijven. En als ik tijd heb, denk ik er niet aan. Het is bedoeld als ervaringsboek. Maar ik vraag mij af of ik wel ervaringen heb. Soit. Ik neem het babyboek en open het. Het staat vol tekeningen en tekstjes die ik gemaakt en geschreven heb toen ik zwanger was. Een slecht geschreven dagboek. Het halve bevallingsverhaal. Het ontwerp voor de geboortekaartjes. Een paar feiten. Wanneer de foetus ging bewegen (zeventien weken, wat vrij vroeg is). Wanneer ik niet meer misselijk was (na zes maanden). Enzovoort. Ik neem een pen en schrijf het volgende neer voor de baby:

'In één seconde kwam zonlicht door de wolken heen. Eén tel met jou is mooier dan een eeuwigheid alleen. Ik was bang om lief te hebben, en mijn hart heeft stilgestaan. Maar met jouw armen om mijn hals kan ik de wereld aan. Dansen op de sterren. Vier seizoenen in één nacht. Dit is één seconde los zijn van de zwaartekracht. Lopen op het water. Zonlicht zien voor dag en dauw. Vliegen zonder vleugels. En allemaal door jou. Mijn gedachten en mijn dromen zijn alleen op jou gericht. Ik spring lachend in het diepe met mijn ogen dicht.'

Ik schrijf eronder: 'Marco Borsato'. Ik doe het boek weer dicht.

Diep onder mijn oogbol,
waar mijn iris mijn hart raakt,
mijn beenmerg wortelt,
mijn hersens schorsen,
ligt een beeld,
een beeld diep in mij.
Op de bodem van mijn wezen
ligt hij.
Als ik de wereld zie,
als ik de lucht voel,
als ik waak en mijn gedachten stem,
dan stemt hij in mij,
dan doe ik dat doorheen hem.
Soms sla ik er geen acht op.
Soms denk ik dat ik alles ben in mij.
Dan ben ik roekeloos en overmoedig.

Maar als ik eerlijk ben, zie ik:
zonder dat beeld ben ik blind,
ruik ik geen geur,
proef ik geen smaak.
Zonder dat beeld hang ik los als grind.
Jacky.
Jacky mijn efebe.
Jacky mijn graal.
Jacky mijn toverlantaarn.
Ik weet niet of hij echt heeft bestaan.
Hij lijkt ontstaan uit mijn diepe droom.
Ik ben mijn droom verloren.
Nu sta ik in de woestijn,
met mijn armen wijd open,
en ik roep hem.
Ik roep hem
als Orpheus Eurydice.
Maar hij komt niet.
Hij komt niet.
Mijn hart is onvolkomen.
Mijn hart is leeg.
We kill the things we love.
Ik ga naar de polders waar ik ben geboren.
Ik ga naar de kreek.
Daar ligt een roeibootje.
Ik stap in het roeibootje,
en ik peddel.
De kreek is niet groot.
Eigenlijk heel klein.

Ik dobber in het midden.

Ik kijk naar de boom die scheef over de kant hangt.

Ik kijk naar het donkere water en de lucht.

Vroeger, toen ik kind was, woonden we achter de dijk die ik van hieraf kan zien, een dijk met populieren. De dijk scheidt de kreek en het overstromingsgebied van de bebouwde kom.

De kreek leek mij toen heel groot.

Alsof die zich uitstrekte tot aan de horizon.

Op de dijk ging ik dikwijls wandelen

met mijn vader.

Aan zijn hand.

Hij liep meestal zo snel dat ik moest rennen om mee te kunnen. Ik keek dan naar hem, en hij keek terug, en dan liep hij wat trager. Vervolgens vergat hij dat weer, en liep hij weer sneller en moest ik weer rennen.

Zo kwamen we op het midden van de dijk,

waar de populieren beginnen.

We keken naar het water.

Het water was grijs,

en er zaten vogels op,

en ook rimpels,

en aan de kant dobberde een roeibootje met twee roei-spanen.

We zijn daar dikwijls gaan wandelen,

mijn vader en ik.

Hij had een lange regenjas aan,

en een sjaal.

In de herfst toch.

In de zomer gewoon een broek,
en een hemd met korte mouwen.
   Op een dag,
het was herfst want hij had zijn regenjas aan,
heeft hij mij in de lucht getild.
Hij heeft mij aangekeken,
mij een kus gegeven,
en terug op de grond gezet.
Toen is hij de helling afgegaan,
naar het water.
Hij heeft het roeibootje losgemaakt,
hij is in het roeibootje gestapt,
en hij is weggevaren.
Ik dacht: amai, mijn vader kan goed varen. Die kan zeker
heel snel naar de overkant en weer terug.
Hij voer verder en verder weg,
tot hij alleen nog een bolletje was,
en toen was hij opeens verdwenen.
Ik ben gaan zitten
op het natte gras,
en heb gewacht.
Maar hij bleef te lang weg.
Ik heb nog wat staan springen om het warm te krijgen,
en toen dacht ik: ik zal alvast naar huis gaan. Hij komt wel.
Maar hij is niet gekomen.
De volgende dag ben ik gaan kijken bij de populieren of hij
al terug was,
maar ik zag hem niet.
Het bootje was er ook niet.

Ik dacht: dat is raar. Hij is toch niet gekapseisd, zeker?
Maar hij kon zwemmen. Hij kon het beste zwemmen van
allemaal. Dus moet hij nog altijd aan het varen zijn. Ofwel
nog altijd verder weg, ofwel komt hij al dichterbij.

Ik ben nog een paar keer gaan kijken,
in de regen en in de wind,
in de zon ook,
maar er was altijd alleen het water,
en de vogels,
en de rimpels.

Toen ik groter was,
ging ik vaak fietsen met mijn vriendinnen,
en dan kwamen we daar voorbij,
en bleef ik staan om te kijken,
maar nog altijd was er alleen water,
en de vogels,
en rimpels.
En toen met mijn lief nog eens.
Maar alleen water,
en vogels,
en rimpels.
En toen met mijn gezin.
En toen met mijn fiets alleen.
Maar nog altijd alleen water,
en vogels,
en rimpels,
steeds meer rimpels.

De baby slaapt. Ik zit op de bank. Ik heb de afwas net gedaan. Het is een snipperdag. Ik ga er eens van profiteren. Doen waar ik anders geen tijd voor heb. Al die dingen die liggen te wachten op de keer dat ik eens wat tijd heb. Ik zit op de bank en staar naar de klok. 14.05 uur. De dag is nog lang. Ik vraag me af wat ik zal doen. Ik sta op en neem een appel. Ik spoel hem af en eet hem op voor het raam. Dan ga ik op mijn rug op de bank liggen. Ik bedenk dat ik snel moet beslissen wat ik ga lezen of doen, want straks is de baby wakker. Mijn oog valt op een plekje op de muur dat onbeschilderd is gebleven. Dat moet ik eens bijwerken, denk ik. In mijn hoofd groeit een verveling die zwart is als het heelal. Het is 14.37 uur. Mijn hoofd is leeg. Mijn lijf is leeg. Ik geeuw en mijn hoofd staat op het punt om hoofdpijn te krijgen. Ik sta op en verleg wat rommel op de tafel: een paar pennen, een aantal muntstukken, twee gsm-opladers, een knoop van een broek van mijn man, een naamkaartje van een restaurant. Rommel die nooit van de tafel weg zal raken. Rommel is spontaan. Ik verschuif de spullen een beetje, zodat de tafel wat minder rommelig lijkt. Ik zou de badkamer moeten poetsen. En het toilet. Maar ik ben zo moe. Ik heb geen zin. Ik heb nergens zin in. Er ligt nog een stapeltje tijdschriften op de lage tafel. Ik neem er één, een damesblad. Als je gedurende één jaar regelmatig damesbladen hebt gelezen, heb je voor je hele leven alle damesbladen gelezen. Alle thema's keren jaarlijks terug. Alle recepten ook, met alleen een kleine aanpassing. Alleen de mode verandert. En dan nog. Traag. Trager dan je zou verwachten. Ik lees een deel van een artikel met getuigenissen over in-vitro-fertilisatie. Ik bedenk dat ik nog wel een kindje wil. Hoe zullen we het noemen? Ik slenter naar de boekenkast, en pak het boek *De mooiste moderne en klassieke voornamen.* Op de achterflap staat: 'Een voornaam kiezen doet u niet zomaar. Tenslotte moet uw kind die naam een heel leven met zich meedragen. U wilt daarom graag weten waar een naam vandaan komt, wat hij betekent, enz.' Ik open het boek: Ada, Adagonda, Adalie, Adalina, Addie, Adélaïde, Adèle. Ik zit blijkbaar bij de meisjesnamen. Een eind verder: Walda, Wally, Wanda, Wanita, Warsha. En Welle-mina, Welmoed, Wenda, Wendelien, Wendy, Wenske. Bij de jongens: 'Gaius: Latijnse naam die letterlijk "Vlaamse gaai" betekent.' Ik leg het boek weer weg, zoals gewoon-lijk op een andere plaats dan waar ik het gepakt heb, zodat de rommel in de boekenkast alleen maar toeneemt.

Ik ben nog een tijdje in dat kasteel in Nice blijven wo-nen.

Ik zat alleen aan de grote eettafel.

Alleen met de vijf grote kandelaars die Jacky en ik uit de kasten hadden gehaald, en weer op hun rechtmatige plaats hadden gezet.

Alleen in het grote bad met duizend bubbels mousse.

Alleen voor de breedbeeld-tv op de vierzitssofa.

Alleen op de honderden tegels van de keuken, de bij-keuken, de gang, de wasplaats.

De vrienden van Jacky zijn een paar keer komen aan-bellen, maar ik deed nooit open. Ik had de deur op slot gedaan en alle ramen dicht. Ze hebben op het punt gestaan in te breken. Ik hoorde hen rond het huis lopen en van alles tegen elkaar roepen. Maar ze hebben het uiteindelijk niet gedaan.

Ik ging om de drie, vier dagen eten halen met geld dat nog in Jacky's vest zat, en voor de rest kwam ik niet buiten.

Maar op een dag stond ik door de Franse deur naar het zwembad te kijken dat zich aan het vullen was met bladeren.

– Jacky en ik hadden het zeil ervanaf gehaald; dat was heel zwaar, want het lag vol vuil en het oprolsysteem draaide niet zo goed; Jacky heeft het toen met olie gesmeerd, waarna hij met zijn handen per ongeluk aan zijn gezicht kwam om te krabben, en toen was hij een schoorsteenveger uit de sprookjesboeken. Schoorsteenvegers, die bestaan niet meer, zeker? Ik vraag mij af waarom sprookjes vooral over dingen gaan die wij niet meer kennen:

bossen en beren,

bergen en meren.

Geen kind dat nog weet hoe een bos er eigenlijk uitziet, toch zeker geen bos waar je in kunt verdwalen. En een wolf, wie kent die nog? Mij hebben ze moeten meenemen naar de dierentuin om hem mij te laten zien, de wolf.

En toen lag ik ineens in het water. Jacky had mij erin geduwd, ik had hem niet zien aankomen. Het water was koud. Mijn hele lijf schrok ervan. Ik was eerst kwaad. Ik broebelde: 'Klootzak', door het water heen. Maar toen is hij ook in het water gesprongen, en heeft mij gekust, en ik heb hem kopje-onder geduwd. –

Dus ik stond door de Franse deur naar het zwembad te kijken, toen ik hoorde morrelen aan het slot van de voordeur. Ik dacht eerst dat het weer die kutvrienden van Jacky waren, en ik wou naar boven gaan, toen ik een vrouwenstem hoorde. Ik stond halverwege de trap, en ik dacht: de moeder van Jacky, daar heb ik geen zin in. Ik ben achterom gevlucht, over de muur, langs de klimop vol met spinnen naar boven, naar beneden gesprongen, mijn voet pijn gedaan, daar blijven zitten, en gedacht: al mijn spullen liggen nog binnen. Maar ik ben ze nooit meer gaan halen.

Ik liep langs het pad met in de zomer de oleanders en de kamperfoelie, de sleutelbloemen en de trompetbloemen. Maar mijn hart was op slot en er schalde geen muziek.

Ik ben al hinkend naar Vincent gegaan, een vriend van Jacky die niet bij dat groepje hoorde dat af en toe naar het kasteel kwam, en gevraagd of ik voor een tijdje bij hem mocht logeren.

Vincent is Vincent. Die had daar geen problemen mee. Die vond de gedachte een soort kleine zus in huis te hebben wel leuk.
Hij had een zusje verloren
bij een auto-ongeval,
vandaar.

Dus woonde ik bij Vincent, in zijn appartement, en

ging ik met hem mee naar feestjes. Hij versierde meisjes, ik jongens. Soms namen we vrienden mee, en dan feestten we verder in zijn appartement. En als de buren moeilijk begonnen te doen, gingen we naar het strand met joints en chips en jenever van Vincents grootmoeder.

Vincent leek een beetje op Jezus, maar dan met kort haar en zonder baard. Maar wel de neus en de kin die je je bij Jezus voorstelt. Jammer genoeg was zijn lichaam breed en plat, en een beetje gebogen, hoewel hij pas in de twintig was. Je kon zo zien hoe hij zou zijn als hij oud was, en ik viel daar niet op.

Ik val op bomen van kerels.

Trouwens, ik moest nog te veel aan Jacky denken.

Vincent raakte ook maar niet aan een vast lief. Hij wou er ook geen. Voorlopig wilde hij nog wat vergelijkende studies doen, zei hij. En mij liet hij met rust, door dat kleine zus ding.

Op een dag zei Vincent: 'Mijn vader gaat naar Lissabon voor zijn werk. Ik mag mee, en jij ook.'

Zijn vader reisde heel veel. Hij deed iets bij de Europese Unie.

Reizen, dat leek mij wel wat. Jacky reisde ook veel.

En dus zijn we naar Lissabon gegaan: Vincent, zijn vader – de onuitputtelijke bron van geld en slechte grappen – en ik. Met het vliegtuig, en dan met de taxi naar het hotel buiten de stad. De taxi stopte. Wij stapten uit. Ik keek naar boven om de zuidelijke lucht op te snuiven. Ik zag het monumentale afdak van de ingang. Daarboven: een betonnen reling met planten erop. En daarboven, een

tiental meters meer naar achter: de toren van het hotel
tussen de andere torens in de buurt.

Ik keek hoger en hoger,

en ik zag ramen en ramen,

ramen en ramen,

tot ik hoogtevrees kreeg van het kijken,

en ik Vincent hoorde roepen of ik daar misschien bleef
slapen. Zoniet, dan moest ik misschien maar eens inchec-
ken. Hij stond al in de gigantische sluis, tussen de rookglazen buitendeuren en de rookglazen binnendeuren. Ik
ging naar binnen, achter Vincent aan, naar de tien meter
lange balie van bruin leer en bruin gemarmerd glas, over
het beige tapijt dat iedereen geruisloos maakte, en dat hier
begon en nergens leek te eindigen.

Vincent gaf mij mijn sleutel, en hij sprak nog wat
dingen af met zijn vader terwijl we naar de liften liepen
langs de salons en de plantenbakken met korrels en don-
kergroene planten. In de lift had je een hele rij knopjes
met cijfers ernaast. Er was ook een knop met fitness/
solarium/sauna/swimming pool.

We gingen omhoog.

De lift stopte.

De vader van Vincent zei: 'Veel plezier' en stapte uit.
Vincent zei: 'Mijn kamer is op nummer 621' en stapte
ook uit.

De liftdeur ging dicht.

Ik keek naar mijn sleutel. Een klein sleuteltje met een
gigantische, zware sleutelhanger waarop stond: 712.

Ik zette mijn bagage af in mijn kamer met dubbelbed

en zicht op het zwembad, meters naar beneden. Recht tegenover mijn raam: een gsm-mast, met daarop een vogel zonder hoogtevrees. Ik heb in de badkamer gekeken: bad, wastafel, toilet.

En toen ben ik naar de eerste verdieping gegaan om te kijken hoe dat zat met dat zwembad.

De liftdeuren gingen open,

en het chloor kwam naar je toe gezwommen.

Links was er een blinkende bar met eetzaal, en een donkere meneer die er werkte. Rechts zat een mevrouw achter een toog met stapels handdoeken en badjassen, badpakken en bikini's te koop. Rechtdoor: kleedhokjes, de fitnesszaal, het solarium, de sauna, het terras van het zwembad, en het zwembad zelf, met mensen die Cornetto's aan het eten waren. Het terras was omringd door muren van beton met plantenbakken erop. Daarboven staken torens van andere hotels en van kantoorgebouwen. En daarboven scheen de zon.

Ik zit met de baby op de grond in de pas verbouwde badkamer. Ik kijk naar de houten vloer, en zie dat er pluizen stof over rollen. Ik heb het al een paar dagen, misschien zelfs weken gezien, maar ben er nog niet aan toe gekomen om iets te ondernemen. Luiheid. Ik ben van het uitstellende type. Ook van het maagzweerachtige type. En toch lui. Misschien samen te vatten onder het lethargisch-zenuwachtige type. Nu is het genoeg. Ik neem de baby op mijn heup en daal de trap af naar de keuken. In het kastje onder de gootsteen staan een emmer en schoonmaakproducten. Het deurtje klemt een beetje. Terwijl ik de baby als een aapje tegen mijn borst hou, probeer ik de emmer los te wrikken. Die zit vast achter een vijf-literfles bleekwater en een vijf-literfles afwasmiddel, waarmee ik de kleinere Dreft-fles op het aanrecht bijvul – een geniaal budget- en eco-ideetje vind ik van mezelf. Ik ga op mijn hurken zitten, want de baby begint zwaar te worden, en ze wordt het hangen beu. Uiteindelijk krijg ik de emmer uit de kast. Er zitten allerlei vreemde dingen in de emmer. Twee zeefjes om de afvoergaten in de spoelbakken mee af te sluiten. Die zeefjes gebruik ik niet, want ze zijn te licht, ze passen niet goed en als ze over de afvoergaten zitten, kan ik de buisvormige afsluitdoppen er niet op zetten. Dat wil zeggen dat ik ze niet kan gebruiken op het moment dat ze het meest nodig zijn: wanneer het afwaswater wegloopt. Ik overweeg of ik de zeefjes niet beter weg kan gooien. Maar mijn moeder heeft ze speciaal voor mij gezocht, en wie weet komen ze ooit nog weleens van pas. Verder zit er in de emmer een doorzichtig plastic afsluitbaar buisje met een rode dop en daarin twee gele oordopjes. Twee bollen touw. Een trekker voor de ramen. Een oude, stoffige antimuskietenstekker en een onge-bruikte navulling. Ik vraag me af hoe het mogelijk is dat een huis zich automatisch vult met rommel die je nooit meer weg krijgt. Ik kieper de rommel op de keuken-vloer en vul de emmer opnieuw met: azijn, schuurcrème, een schuursponsje en een schoonmaakdoekje. Niet te geloven welke dure schoonmaakproducten er allemaal op de markt zijn, terwijl er maar één manier is om kalk

48

te verwijderen: azijn. Maar goed, ik koop ook weleens Mister Proper met zijn spierballen. Een fantasma in de poetskast. Ik ga naar boven met de emmer en de baby. Ik wil de baby op de grond zetten. Ze verzet zich hevig. Ik zet de baby terug op mijn heup. Met één hand neem ik het babybadje en zet het op de grond. Ik vul het met alle spullen die naast de spoelbakken staan: parfum, scheer-schuim, schuim voor in mijn haar, de schaal met de tandenborstels en de tandpasta, scheermesjes, aftershave, deodorant. En de spullen naast het bad: shampoo en conditioner, badschuim, massagedolfijn, de tube van Tweety en Sylvester. Ik zet de baby naast het nu gevulde babybad. Haar aandacht duikt in het bad en de spullen. Ze wordt er één mee. Ik vul de emmer voor een vierde met lauw water, en doe er wat azijn bij. Ik spuit geelwitte schuurcrème in de douchebak, neem het sponsje, dompel het in het azijnwater en begin te wrijven. De bak, de kraan, de slang, een deel van de tegels. Ik sta ongemakke-lijk. Ik moet regelmatig omhoog komen. Ik kijk wat de baby aan het doen is. De helft van de spullen die in het babybad lagen, liggen nu op de grond. Ik spoel de douche met de doucheslang, en droog alles af met het schoon-maakdoekje. Ook de douchedeur. Wanneer ik die wil dichtdoen en het geheel nog eens bekijk, merk ik dat ik het raampje in de douche vergeten ben. Als ik dat nog wil poetsen, moet ik alles weer natmaken. Ik besluit het zo te laten. Ik ga er toch nog eens met het doekje over, waar-door ik alleen maar strepen maak, en sluit de douchedeur. Het bad en de spoelbakken ondergaan dezelfde behandeling. De spiegels en de tegels ook, maar dan zonder schuurcrème, alleen water en azijn. Wanneer ik net één raam heb natgemaakt, geeft de baby te kennen dat ze er genoeg van heeft. Terwijl ze zeurt en huilt, lap ik snel dat ene raam nog. De strepen laat ik zo, ik haast me om de baby op te pakken. Ik geef haar een kus en nog een en nog een. Ik begin rond te huppelen op het ritme van 'Alle eendjes zwemmen in het water, falderaldeliere, falderaldelare, alle eendjes zwemmen in het water, FAL FAL FALDERALDERAL'. De baby lacht als ik met FAL FAL FALDERALDERAL schoksgewijs met mijn gezicht dichter bij het hare kom. Ik herhaal het liedje en het dansje zo'n zes, zeven, misschien acht keer. Ik moet opletten dat ik niet over de spullen val die op de grond slingeren. Langzamerhand raak ik buiten adem en mijn armspieren beginnen pijn te doen. De verwarming moet nog afgestoft, het raam in de deur gelapt, de vloer gedaan, en het toilet. Ik probeer de baby weer op de grond te zetten, maar daar heeft ze echt geen zin meer in. Met mijn vrije arm zet ik alle spullen weer op hun plaats. Ik zie dat ook de scheermesjes op de grond liggen. Dat wil dus zeggen dat de baby daar ook mee heeft gespeeld. Ik krijg een retrospectief visioen van mijn baby met opengekerfde armen, vingers en tong. En bloed overal. Ik knijp mijn ogen dicht en beweeg met mijn schouders om het beeld te verjagen.

Ik heb om halfnegen afgesproken met Vincent.

Ik heb dus nog een uur.

Beneden in de lounge zitten mensen met koffers:

vrouwen met muiltjes met hakken waar je onmogelijk mee kunt reizen, mannen in kostuum. Iedereen stil op het tapijt.

Ik loop wat rond.

Conferentiezalen met gordijnen ervoor.

Een winkeltje met manchetknopen, ringen, sjaaltjes, uurwerken.

Overal hetzelfde tapijt.

De bar is nog leeg. Er zitten alleen planten in plantenbakken.

Ik neem de lift naar boven. In totaal zijn er tien verdiepingen. Naast de knopjes voor de negende en de tiende verdieping, bovenop de cijfers, kleeft blauwe tape.

Ik duw op de knop van de negende verdieping.

De lift gaat omhoog.

De liftdeuren gaan open.

Ik sta in een gang zonder vasttapijt, met gaten in plaats van deuren, met betonnen balken in plaats van een verlaagd plafond. Ik wandel tot aan het einde van de gang. De buitenramen zitten er al in, maar de rest lijkt al jaren onaangeroerd. Ik loop terug. Ik kom een trap tegen. Ik ga de trap op.

Dit is de tiende verdieping.

Nog minder afgewerkt:

beton en ramen,

ramen en beton.

Ik ga bij een raam staan. Van hieruit moet je het beste zicht hebben.

Maar het valt tegen. Het landschap is van hier bekeken

als een gezicht met putten erin. Tussen de torens: grijze straten. Ik sta blijkbaar niet naar de zee gericht, want het is grijs zover je kijkt. Hier en daar wat groen, maar de bomen zien er belachelijk uit, als onkruid, van zo hoog. Terwijl als je beneden bent, een madelief je blij kan maken, een vlieg, een vlinder.

Van hieruit verzinkt dat allemaal
in het niets.

Waarom zegt iedereen dat vliegen fantastisch moet zijn?
Alsof een landkaart mooier kan zijn dan een land.
Ooit een pakkende maquette gezien?
Een ontroerend schema?

Ik hel voorover, uit het raam. Maar kom snel weer rechtop. Ik heb het gevoel dat de vloer beweegt.

En het is alsof de gang achter mij begint te lachen. Hij knijpt zijn beton samen om mij eruit te duwen.

De grijze putten beneden roepen mij, roepen mij luid. Ik duizel.

Ik heb zin om naar beneden te springen. Ik voel mij zo zwaar. Aan die zwaarte toegeven, beneden op de grond liggen, dicht tegen de stenen aan, in de grijze putten, het lijkt mij een heerlijke bevrijding.

Maar ik trek mij los,
draai mij om,
en loop zo snel ik kan de gang weer door
naar de trap,
de trap af,
naar de lift.

Jacky zit al in de salon te wachten.

Als hij mij ziet, staat hij op.

Het is Jacky niet.

Het is Vincent.

Ik neem zijn hand vast. Hij knijpt amicaal in de mijne, en laat mij dan weer los.

We lopen naar de uitgang en nemen een taxi naar het centrum van de stad. We eten in een klein steegje in de Bairro Alto, zegt Vincent.

Een oud vrouwtje zingt fado. Ze is in het zwart gekleed. Ik dacht dat dat alleen folklore was voor de toeristen, maar blijkbaar bestaat dat ook nog in authentieke vorm. Alleen lijken de uitdrukkingen op het gezicht van het vrouwtje gestolen van een ansicht en haar gezang van een cd, maar dan iets minder netjes. Alweer een maquette.

Het is dikwijls moeilijk om in typische dingen te geloven, omdat je die al zo dikwijls bent tegengekomen in reproductie dat ze kitscherig geworden zijn in 't echt.
Een zonsondergang met veel kleurtjes,
een zwaan op een meer onder de maan,
een versleten caravan in een lavendelveld,
het bestaat allemaal in het echt, onbedoeld en echt, en toch geloof je het niet. Je vindt het kitsch. Je denkt: ik zou ervan willen genieten, maar ik kan niet.

Vincent zegt: 'Kom' en we zijn weg. We hebben niet betaald. Vincent kan op de meest onverwachte momenten voor spanning zorgen. Ik knijp nog eens in zijn hand, en laat weer los. We lopen door de straatjes naar beneden, naar het water.

Vincent zegt: 'Ik heb afgesproken met een vriend.'

Ik zeg: 'Heb jij hier vrienden, misschien?'

Hij zegt: 'Het is de zoon van een collega van mijn vader.'

Ik zeg: 'Je mag mij in 't vervolg wat vroeger inlichten.'

Hij zegt: 'Je bent mooi genoeg geschminkt.'

Ik zeg: ''t Is daar niet voor, klootzak.'

We lopen naar een taxi.

We worden ergens afgezet waar veel volk rondloopt: jonge mensen die opgemaakt zijn voor de nacht, half zat en luidruchtig. Vincent heeft er zin in. Hij roept: 'Woehoe' en gaat op een groepje af. Vooral jongens, maar ook een paar meisjes.

We kussen iedereen alsof we elkaar al jaren kennen en samen uitgaan.

We gaan naar de ingang.

De vriend van Vincent zegt iets tegen de uitsmijter terwijl hij ons aanwijst.

Hij betaalt

en we gaan naar binnen.

Het is een club met meerdere verdiepingen, en een chill-out-plek op het dak met zicht op de haven. Beneden wordt geveejayd, en daar is ook de bar, alles is in jarenzestigstijl revisited.

Bij de ingang heeft de vriend van Vincent voor ons beiden toegangskaartjes gekocht. Die zijn elk tien drankjes waard. Hij zegt: 'De toegang is gratis. Je moet alleen drinken. Hier worden alleen genodigden toegelaten.'

Ik kijk rond. Het volk ziet er nogal vulgair uit.

Hij vraagt: 'Weet je waar je bent?'

Ik zeg: 'Nee, natuurlijk niet.'

Hij zegt: 'Welkom in de club van John Malkovitch.'

Ik denk: onnozelaar.

Ik bestel een eerste caiperinha en sta tegen de muur door een rietje te drinken. Ik probeer mijn lichaam een stoere houding te geven, en toch vrouwelijk tegelijk, maar het lukt niet zo goed.

Ik denk: foute kleren. Verdomme, Vincent.

Ik ga nog een caiperinha halen en ik kijk naar de anderen die dansen.

Ik vind dat de muziek niet hard genoeg staat, maar ik begin wat mee te bewegen. Met het glas in mijn hand kan ik toch niet al te veel doen. En dus ook niet misdoen.

Na de derde caiperinha zie ik dat er een paar langs de grote ijzeren trap naar boven gaan. Vincent ook. Ik vermoed dat ze gaan blowen, dus ik ga mee.

Op het dak is het al fris. Het moet nu rond twee uur zijn.

Blowen.

Dan dronken en stoned gaan dansen in een zaal waar het licht zo fel flikkert dat het lijkt alsof er met blikjes gesmeten wordt. Zeker in combinatie met de muziek.

Ik zit in een ijzeren jaren-zestigkuipstoeltje dat zeer ongemakkelijk zit.

Op tien centimeter van mijn benen staat iemand te dansen.

Het ziet er belachelijk uit.

Ik heb de neiging in slaap te vallen, maar door het geflikker van de muziek en het licht is dat fysiek onmogelijk. Ik ga staan en begin te dansen. Mijn hoofd is één met de beat, mijn lijf hangt er maar wat aan en bengelt. Ik moet opletten dat ik met de sigaret die ik vasthou niemand brand.

De vriend van Vincent, een geblondeerde, niet al te grote Portugees, begint iedereen te kussen, en zegt dat hij vertrekt. Ik leg een hand in zijn nek. Ik weet niet waarom. Eigenlijk weet ik niet goed meer wat ik doe. Maar hij doet hetzelfde want hij is in dezelfde mood, de uitgaansmood:

iedereen houdt van iedereen,

iedereen is licht euforisch,

opwinding is mogelijk,

liefde is mogelijk,

seks is mogelijk.

Het is als instappen in een roze Cadillac met witte banden, of zoiets.

Ik heb nog nooit een Cadillac gezien, maar ik stel me dat zo voor.

En dan rondrijden,

en door de ruiten de stad zien,

en binnenin champagne drinken,

en vrijen.

De vriend van Vincent is weg. Ik zie eigenlijk niemand meer die ik ken. Waar is de rest? Ik waggel door de mensenmassa die als algen op de zeebodem wiegt, en ik ga naar de bar. Echt, de vier resterende drankjes kan ik niet meer op. Ze weten wel wat ze doen met die zogenaamde gratis toegang. Bij de uitgang zie ik Vincent staan. Hij vertrekt net. Een andere jongen die bij de groep was, staat plots naast mij, en vraagt: 'Are you coming with us?' Ik ben ook een alg op de zeebodem. Wiegen. Ik zeg: 'Yes' en we stappen in een busje.

Ik sta nog steeds bij de badkamerdeur. Ik moet beneden de stofzuiger gaan halen. Maar met de baby op mijn arm en de stofzuiger op de trap gaat dat niet lukken. Terwijl ik na sta te denken over een tactiek, ruik ik dat de baby een vuile luier heeft. Mijn gedachten, ook de praktische, worden stilaan stuifmeel. Ze vliegen naar alle kanten. Ik weet niet wat eerst moet, wat efficiënt is, wat hoort. Ik verschoon de baby, geef kusjes op haar buik. Het kriebelt, ze lacht. Ik neem haar voetjes en tik ze tegen elkaar, fiets ermee in de lucht, raak met haar grote teen haar neus. Ik kus haar voetzolen. Wanneer ik de ene voetzool kus, wil ze de andere er ook bij krijgen. Daarna kleed ik haar weer aan, en kijk op. De vloer ligt nu bezaaid met de vuile luier, de luiercrème, de olie, de watjes, de eosine. In de badkamer heerst nu een veel grotere chaos dan toen ik begon te poetsen. De producten staan lukraak verspreid, niets staat op zijn toegewezen plaats, de kleren die er rondslingerden, zijn nog niet weg. De vuile luier stinkt enorm. Ik ga op mijn hurken zitten, neem de baby tussen mijn romp en mijn benen, en ruim op terwijl ik als een eend door de badkamer waggel. Wanneer ik opsta, bedenk ik dat ik het niet meer zie zitten om de stofzuiger te gaan halen. Maar dan zie ik de pluizen stof weer. Die moeten echt weg. Ik ga de rugzak zoeken. Na een tijdje trap op, trap af vind ik hem. Met de baby op mijn rug, ga ik de stofzuiger halen. En ik stofzuig. Ik stofzuig. Ik zeg: 'Vvvvvv.' De baby zegt: 'Vvvvvv.' En ik dweil met een nagenoeg droge dweil. Ik dweil. Daarna kijk ik naar de vloer, blijf kijken, kijk vanuit verschillende hoeken en perspectieven. De vloer glimt. Ik ben blij dat de badkamer klaar is, kijk nog eens naar de vloer, en bedenk dat het een heel verschil is met daarnet. Ik kijk nog een keer. Zoals wanneer ik mijn auto gepoetst heb. Ik kijk en kijk naar de glimmende carrosserie, naar het nette dashboard. Wanneer ik door de stad rij, kijk ik naar de properheidsgraad van alle andere auto's, vergelijk, en bedenk dat het een heel verschil is, gepoetst of niet. Toen ik zwanger was, heb ik zelfs een flesje simoniseercrème gekocht. Een product dat ook in de vliegtuigindustrie wordt gebruikt, zei de verkoper. Dan parelt het water zo weg. Het is nog waar ook. En als de zon schijnt, weerkaatst het licht in veelkleurige, driedimensionale cirkels. Het is alsof het schone object, indien door mij gepoetst, mijn blik vasthoudt in een schitterende weerkaatsing. Ik kijk en kijk en kom er niet van los. In mijn blik herhaalt zich elke wrijving die ik met het schoonmaakdoekje op het oppervlak heb gedaan. Mijn blik herhaalt die wrijvingen. Het is alsof het oppervlak onder mijn blik steeds meer glimt. Het is alsof het door mij gepoetste, glimmende oppervlak een aantrekkingskracht op mij uitoefent. Alsof er door het wrijven een magnetisch veld is ontstaan.

Terwijl ik de deur van de badkamer dichttrek, bedenk

ik dat het toilet ook nog op een beurt wacht. Ik denk: het is etenstijd voor de baby. Ik denk: maar wanneer ga ik dat dan doen. Ik denk: ik moet het nu doen, anders komt het er niet meer van. De baby begint te zeuren en wil zich uit de rugzak wringen. Ik denk: mijn kind heeft honger. Ik laat de emmer met de schoonmaakproducten en de stofzuiger achter bij het toilet. Stuifmeel in mijn hoofd. Ik ga naar beneden, en begin aan de groentepap.

Ik zit helemaal achteraan in het busje. Dat lijkt van de bestuurder te zijn. Voor mij zitten, in rijen van drie, Vincent en zeven van de vrienden van zijn vriend.

We rijden zo'n dikke twintig minuten steeds verder weg van de stad.
En ik realiseer me plotseling
dat ik als enige meisje
in een busje zit
met acht quasi-dronken en stonede mannen.
Huit hommes.

De acht mannen zingen iets, een nummer dat ik niet ken. Maar aangezien zij het allemaal wel kennen, verschillende nationaliteiten door elkaar, zal het wel een bekend nummer zijn. Dus ik schaam mij een beetje. Maar ik ben ook zo misselijk als de pest, dus ik trek het mij niet aan. Ik wil af en toe mijn ogen dichtdoen, want mijn oogleden worden langzamerhand zo zwaar als de stenen tafelen van Mozes. Maar als ik dat doe, zie ik alleen nog spijkerschrift dat ronddraait, en donkere kleuren vermengd met huidskleur in een wasmachine. En

59

dan bereiden al mijn spieren zich voor op
kotsen.

Dus ik stel me voor dat ik staalkabels aan mijn wenkbrauwen heb, die mijn oogleden omhoog houden. Ik had
meer voorin moeten gaan zitten. Hier achterin kan geen
raam open. En er wordt intussen zoveel geblowd en ge-
rookt dat er een mist hangt, zo dik dat een konijn er een
gang in zou kunnen graven.
Ik kijk naar de jongen links van mij.
Dan naar de jongen rechts van mij.

Hun hoofden gaan van links naar rechts, en hun kaken
van boven naar onder, en weer naar boven, want ze zingen nog steeds dat nummer.

De jongen van rechts ziet dat ik naar hem kijk. Hij
kijkt terug, en kijkt net iets te lang. Of heb ik alleen maar
die indruk omdat mijn inschattingsvermogen is afgezet?

Eindelijk stopt het busje.

De zijdeur schuift open, en uit de stomende bak komt
een school gerookte zalmen, zo lijkt het.

De zalm rechts van mij draait zich net voor het uit-
stappen naar mij toe, en zegt: 'Come on, darling. Let's
shake it.'

We staan aan de kant van de weg
in het midden van nergens.

De weg is omringd door een natuurstenen muurtje, en
daarachter glooit het landschap naar beneden, met gras
en pijnbomen,
en daarachter is het zwart.

Dat zal de zee zijn.

We stappen naar een poortje in het stenen muurtje, en komen op een natuurstenen trap die de helling volgt. De muziek wordt luider. Er staat volk, hip volk, in jaren-tachtigkledij. We komen op een houten dansvloer die begint op het hellende gras tussen de bomen, en verder-gaat op palen op het strand, en een paar meter over de zee. Naast de dansvloer is een soort strandhuis, met een bar en een muurtje, waarlangs je naar het strand kunt. Er hangt ook nog een groot scherm tegen de helling, tussen de bomen, waarop wordt geveejayd. En in de zee, niet ver van het strand, liggen een paar rotsen, die van op het strand zijn uitgelicht met grote spots. MTV, maar dan in 't echt.

Ik voel een golf van euforie over mij heen komen.

Er wordt bier besteld voor iedereen, en we zitten naast elkaar op het muurtje aan het strand.

Sommigen dansen wat, onder anderen de zalm van rechts van mij in het busje.

Ik ga naar hem toe, en begin ook te dansen.

De tijd wordt vaag.

Er zijn alleen veel hakken op de houten vloer.

Mijn lichaam wordt twee hakken,

en ik beweeg.

Ik kijk ondertussen naar de video's. Het zijn video's van modeshows. De grieten naast mij kijken ook en pro-beren te bewegen zoals de mannequins. Ik denk: Jacky zou dit echt flauwekul vinden. Ik krijg zin om met Vincent te dansen.

Hij is niet op de dansvloer.

Ik maak mij los uit de armen van de zalm, en ga naar het muurtje bij het strand. Daar zit iedereen te kijken en te lachen naar de helverlichte rotsen.

Op een van de rotsen zit een koppel ineengestrengeld.

Het is Vincent,

met een meisje schrijlings op hem.

Ze weten waarschijnlijk niet dat ze zo zijn uitgelicht, want ze draaien elkaar heel diep binnen. Zij begint zijn kleren los te maken.

De rest heb ik niet meer gezien,

maar ik hoor gejoel,

en als zij dat ook gehoord hebben,

zullen ze wel gestopt zijn.

Ik voel zand aan mijn voeten.

Mijn armen gaan de lucht in, en mijn lichaam beweegt. Ik beweeg naar het water. Het water is ijskoud. Ik duizel van de schok.

Het volgende moment lig ik op het strand, op een donkere plaats, met allerlei zalmen. Ik glijd tussen hen door. Ik voel allerlei tongen. Er zijn ook meisjes: ik hoor gelach.

Ik denk niet dat er heel ver gegaan is. Gewoon een lange deining van tongen en kronkelende lichamen en zand. 'Mijn haar zit vol zand', dat is het laatste wat ik mij kan herinneren.

De telefoon gaat. Ik ben bang dat het geluid de baby wakker maakt, dus ik haast me. Het is Karl. Hij zegt dat hij in de buurt is. Ik had hem gezegd dat als hij een keer in de buurt zou zijn, hij maar eens naar ons verbouwde huis moest komen kijken. Ik leg hem de weg uit. Hij parkeert zijn blauwe Volkswagen schuin tegenover ons huis. Ik ga alvast opendoen, zodat hij met de bel de baby niet wakker maakt. 'Jammer dat mijn man niet thuis is, dan hadden jullie kennis kunnen maken', zeg ik. Hij zegt: 'Ja.' Hij kuiert door het huis, merkt nog wat dingen op, maar geeft globaal goedkeurend commentaar. Ik zet koffie en we drinken een kop. Met zachte boterwafels. Uit het blauwgebloemde servies van de grootmoeder van mijn schoonzus. Ik heb plots medelijden met mijn schoonzus, haar grootmoeder, en het servies. Wat doet dat servies eigenlijk bij mij? De baby huilt. Ik haal haar uit haar bedje en laat haar aan Karl zien. Hij had de baby alleen nog maar op een foto gezien. Hij zegt dat ze op haar vader lijkt. Maar dat ze mijn ogen heeft. Hij maakt een paar belachelijke geluiden die wellicht bedoeld zijn om mij te laten zien hoe goed hij met kinderen om kan. Ik geef de baby fruitpap terwijl Karl een tijdschrift leest. Het moet ofwel een damesblad zijn, *Feeling* of *Goed Gevoel*, ofwel een exemplaar van *Vlaanderen Vakantieland*. 'Gaan jullie op vakantie in Vlaanderen?' vraagt hij. 'Ja, met de baby is dat makkelijker.' 'Dat is waar, dat is waar.' Hij leest verder. De baby heeft geen zin in fruitpap. Na een halve portie geef ik haar de borst. Ze zuigt gretig, kleine belletjes melk verschijnen aan haar mondhoeken. Ze houdt

ermee op, net op het moment dat de melk opnieuw toe-
schiet. De melk spuit naar buiten, op haar kleren en op
mijn bh. Ik zoek met mijn ogen naar een keukenrol, maar
die ligt natuurlijk te ver weg. Een zakdoek heb ik ook al
niet. Dan maar met het vuile slabbetje, dat ik uitgedaan
had omdat ze er anders mee tegen mij aan zou kunnen
leunen en vlekken zou maken op mijn kleren. En dus
maak ik alsnog vlekken. Ik ruim alles af. Ik zie Karl zitten.
Een vreemde man en een baby in mijn huis. Ik vraag me
af wat we nog kunnen doen. Ik vraag hem of hij zin heeft
om te gaan wandelen. Het is mooi weer. Hij zegt: 'Zeer
goed idee' en veert op. Ik zeg: 'We gaan met mijn auto,
want anders moeten we de kinderstoel verplaatsen.' Hij
zegt: 'Oké.' Ik doe de baby een trui aan, trek zelf een jas
aan en schoenen. Ik geef de baby even aan Karl, wat ze
geen goed idee vindt, en intussen haast ik mij om de
buggy in de auto te krijgen. Mijn koffer is net iets te krap,
dus het is lastig. Het lukt herhaaldelijk niet. En dan wel.
Intussen is de baby ernstig aan het huilen. Karl probeert
allerlei onnatuurlijke houdingen uit. Ik neem haar over,
droog haar traantjes, en zeg dat het Karl maar is, een lieve
meneer. Karl zegt: 'Helaba' en zwaait met zijn vingers. Ik
zet de baby in de autostoel, we stappen in. 'Naar het park?'
vraag ik. 'Ja, goed idee', zegt Karl. Ik parkeer de auto bij de
ingang van het park. Uitladen: buggy, baby. Baby vast-
klikken. Aan de ingang van het park staat een ijskar. Karl
vraagt: 'Wil je een ijsje?' Ik zeg: 'Mja, oké.' We gaan in de
lange rij staan. Het meisje voor ons is ongeveer dertien,
veertien. Ze is opgemaakt. Ze heeft een tuinbroek aan

waarvan ze het bovenstuk laat neerhangen. De broek hangt op haar heupen, en is onderaan veel te lang. Haar enorme sportschoenen zijn niet dichtgeknoopt. Haar te korte T-shirt laat een streep buik bloot. Nog geen piercing. Haar haren in een staart, die vervolgens met vele grijp-speldjes warrig is vastgezet in een slordige knot. Haar schouders hangen naar voren. Ik hou niet zo van puber-teit en adolescentie. Omwille van die poging tot sluiten, terwijl er nog niets te sluiten valt. Ik vind het een ver-moeiende leeftijd. Een leeftijd van wachten tot het voorbij is. Ik vraag mij af of ik van gedachten zal veranderen als de baby een puber of een adolescent is geworden. Het wachten duurt veel te lang. We besluiten het op te geven, en beginnen te wandelen. Op het pad wandelen tientallen identieke mensen: buggy, kind, of twee kinderen, even-tueel ijsje, vrouw in fleece, man in fleece. Karl heeft het over het werk, over verre reizen die hij nog wil maken, dingen die hij wil realiseren. Ik herken gedachtes uit mijn leven vóór de baby. Dingen die ik opwindend vond, span-nend, sexy, cool. Nu zeggen ze mij niets meer. De schellen zijn van de wereld gevallen. De schellen die de wereld glans geven. Ik zit in een gelukzalige ballon, waar ik niet uit kan. Hoewel ik wel zou willen. Ik doe mijn best om Karl gepaste antwoorden te geven. 'Amai, ja.' 'Ja, dat zou fantastisch zijn.' 'Goh ja, stel je voor.' Maar mijn hart is er niet bij. Mijn hart zit in mijn wandelende voeten, in de buggy, in hoe ik eruitzie (een typische, doorsnee moeder, denk ik). De baby is weer in slaap gevallen. Ik klik het zitje naar achter, om de baby horizontaal te leggen, en trek de kap tot diep over haar lijfje, zodat ze niet te veel gestoord wordt door licht en lawaai van buiten. Het zonovergoten gras lonkt. Ik zet de buggy op de rem, en Karl en ik gaan in het gras zitten. 'Bedankt dat we deze middag samen doorbrengen', zegt hij. 'Daar moet je mij toch niet voor bedanken.' 'Jawel.' 'Waarom?' 'Omdat ik dikwijls eenzaam ben.' 'Je hebt toch je vriendin?' 'Ja. Maar ik voel mij toch dikwijls alleen.' 'Je kunt mij altijd bellen.' 'Tja.' 'Nee, echt waar.' Ik zie dat hij grijze haren begint te krijgen. Hij zegt: 'Ik weet het.' Het is even stil. We kijken naar het gras. Naar de andere mensen. Hij zegt: 'Zalig, die zon.' Ik zeg: 'Hoe zou het komen dat de eerste zon zoveel deugd doet?' Hij zegt: 'Omdat die vitamientjes meebrengt.' Ik denk: al dat volksgeloof, wanneer gaat dat nu eens ophouden. Zoals 'slapen in een koude slaapkamer is gezond'. Of 'soep is gezond'. Ik zeg: 'Ja, zalig die zon' en ga liggen op het gras. Karl gaat naast mij liggen. Ik hoor zijn ademhaling. En dan niet meer. Ik word opgenomen door de zon. Na een tijdje vraagt Karl: 'Wil je mij even vasthouden?' Ik zou dit zo graag spannend vinden. Maar ik voel weerzin in elke porie. Het beeld alleen al. Mijn lijf staat er niet meer naar, nu. In een vorig leven verlangde ik soms naar Karl. Nu ben ik een lege kamer. Zelfs ik ben er niet in aanwezig. Maar om geen slecht mens te lijken – tenslotte vraagt hij gewoon wat tederheid – draai ik mij op mijn zij. Hij draait zich ook op zijn zij. We liggen een tijdlang omarmd. Waarom heb ik hem gevraagd om te gaan wandelen? Wanneer de omhelzing lang genoeg heeft geduurd om niet kort te lijken, doe ik alsof mijn rok niet goed zit, en maak me los. Karl zegt: 'Bedankt' en zucht. Ik weet niet goed of ik 'Graag gedaan' kan zeggen. Ik kijk of de baby nog slaapt. Nee, ze is wakker. Ik ben haar dankbaar, en neem haar uit de buggy. Ik zeg: 'Dag, mijn schattebol' en zet haar op het gras, dat ze meteen begint uit te trekken. Ik zeg: 'Ik denk dat we moeten gaan, straks komt mijn man thuis.' Karl zegt: 'Oké, let's go.'

Het volgende moment is het al licht.

Ze gaan de keet sluiten. We moeten opstaan. Zwaar van zand en slaap en drank en rook, komen onze lichamen los van de grond. Moeizaam de trap weer omhoog. Langs de weg waar de eerste auto's al rijden: mensen die vroeg moeten gaan werken.

Er zijn zoveel werelden.

We stappen in het busje. We rijden naar het centrum.

Vervolgens nemen Vincent en zijn griet, en ik en mijn zalm, een taxi naar het hotel.

Het ontbijt begint pas om halfzeven, dus gaan we naar Vincents kamer.

We blowen nog wat.

Ik hoor Vincent zeggen: 'Het is een perfecte ochtend' en ik vind dat woord 'perfect' zo komiek dat ik moet lachen. Ik blijf lachen. Het is alsof mijn mondhoeken met elastiekjes aan mijn oren zijn vastgemaakt. Ik zeg: 'Perfect, het is een perfecte ochtend, het is echt perfect' en kom niet meer bij van het lachen.

Mijn zalm kijkt naar mij en glimlacht,

het grietje ligt in Vincents bed en slaapt.

Wanneer het halfzeven is, maken we haar wakker, en gaan naar beneden, naar het ontbijtbuffet.

Ik heb echt een geeuwhonger
of een leeuwenhonger.

Ik neem een bord en stapel er broodjes op, plakken kaas, een miniboterkoek, een minirozijnenkoek en een minichocoladebroodje. Dan zie ik dat je ook nog brood kunt roosteren en vervolgens met boter en confituur bestrijken. Ik denk: straks, en probeer zo recht mogelijk naar de tafel te lopen waar het grietje koffie zit te drinken.

Ik vraag: 'Kun jij nog slapen als je nu koffie drinkt?'

Ze zegt: 'Geen enkel probleem.'

Ze vraagt: 'Kun jij dat allemaal op?'

Ik zeg: 'Geen enkel probleem.'

En daar zitten we dan, te midden van de zakenlui, Japanners en Europeanen, Amerikanen en wat nog allemaal, die zo fris als een hoentje in hun koffie roeren met een minuscuul lepeltje, of een eitje tikken.

Tiens, er zijn dus ook nog eitjes.

Ik hang zowat dubbel over mijn bord van het lachen. Ik weet echt niet waarom, maar Vincent en mijn zalm zie ik hetzelfde doen. We proberen alleen zo stil mogelijk te lachen.

Ik kijk naar mijn zalm. Hij heeft grote groene ogen, amandelvormig, voor de rest zwart haar en niet zo'n mooie mond, vooral met tanden die zwart zijn van het roken. Dat vind ik maar niets. Tanden, dat is belangrijk:

mooi, wit, glanzend. Maar voor de rest: mooie schouders, forse armen, goede handen. Een buikje wel, maar dat past bij hem.

Ik sta versteld van mijn teruggekomen waarnemingsvermogen.

Ik ga nog een boterhammetje roosteren en vraag een warme chocolademelk.

Als dat allemaal op is, gaan we naar boven. Vincent en zijn griet op de zesde, ik en mijn zalm op de zevende.

We proberen nog wat te babbelen,
maar we vallen als twee trampolines
in slaap.

Overdag lagen Vincent en ik meestal bij het zwembad, en 's avonds gingen we uit.

Het waren hete dagen. Lang in de zon liggen ging sowieso niet. Om het kwartier namen we een duik in het zwembad, dat in het begin ijskoud aanvoelde op onze oververhitte huid.

Vincent had een zwemshort aan die opbolde als hij in het water kwam. En als hij uit het water kwam, drapeerde de stof zich rond zijn benen en zijn geslacht, dat als uitgebeiteld leek in een brede stalactiet.

In het zwembad maakten we vaak te veel lawaai. De mensen keken boos. Vincent haalde allerlei streken uit. Zoals mijn bikinibroekje uittrekken, of mij kopje-onder duwen.

Ik heb zijn broek eens naar beneden getrokken toen hij op de rand van het zwembad op zijn buik lag te zonnen.

69

Opeens lagen daar twee albinohammetjes, onderstreept door de naar beneden getrokken zwembroek.

Wanneer we uit het water kwamen, en weer op de zonnestoelen gingen liggen, begon het ritueel van het insmeren. Eerst ieder bij zichzelf. Het gezicht, de armen, de borst, de buik, de benen. Dan bij elkaar de rug. Vervolgens lagen we daar weer een kwartier lang in een innig verbond met de zon.

Soms waren we te lui om ons naar het zwembad te verplaatsen, en goten we water uit een fles over de ander zijn huid.

Vincent ging af en toe fitnessen.

Ik at af en toe een ijsje, of een croque-monsieur met groente en mayonaise. Geen Miracle Whip, maar ook niet slecht.

En in elk raspje wortel dat ik tot mij nam,
begroette ik het zwembad en het hotel,
het vasttapijt en de deurknoppen,
de rookglazen spiegels en de donkere man achter de bar,
en de portefeuille van Vincents vader.

Wanneer Vincent terugkwam van de fitness, liep hij rond alsof het ervan afstraalde dat zijn spieren waren vertienvoudigd, terwijl er natuurlijk niets van effect te zien was, maar dan ook niets.

Rond vier uur gingen we naar onze kamers nog wat slapen, douchen, kleden, opmaken, en om halfnegen trokken we de stad in, en daarna de nacht, de steegjes en de bars.

Gedurende de hele week hebben we Vincents vader

niet gezien. Maar de laatste avond zei Vincent dat we een afspraak hadden om met hem te gaan eten.

Ik doe dus mijn rode Chinese kleedje aan, het enige chique kleedje dat ik heb, steek mijn haar op, en maak mijn ogen nog zwarter dan ze al zijn.

Wanneer ik Vincent beneden in de lobby tegenkom, heeft hij een grijs kostuum aan dat hem enorm op zijn vader doet lijken. We lachen elkaar een beetje uit, en roken een sigaret – hier mag dat nog, meer in het noorden van Europa zou dat niet meer kunnen. En in Canada mocht je zelfs op straat niet meer roken.

En dan komt Vincents vader aan in een groenachtig pak en met de vliegende, zelfverzekerde vaart van een zakenman, en zegt: 'Sorry, kinderen, dat ik zo laat ben', zegt: 'Kom, let's go' en we nemen dezelfde taxi als waarmee hij gekomen is.

Het restaurant is gelegen in een oud, gigantisch herenhuis in het centrum, met veel spiegels aan de muren, en grote marmeren tegels op de grond.

We nemen een grote gemengde schotel gegrilde vis. Vincents vader noemt ze allemaal op, en verdeelt alles billijk onder ons. Hij laat wijn komen, eerst wit, dan rood, en ten slotte koffie, voor zichzelf en voor Vincent cognac en voor mij een amaretto. Hij heeft het over de vernietiging van Lissabon door de aardbeving van 1755, en haar wederopbouw door de vernieuwingsgezinde markies Pombal, een hele uitleg, zoals alleen vaders doen.

Vincent luistert eigenlijk niet.

Ik moet wel, want het is mijn vader niet.

Hij betaalt met zijn Visa Card, ook zoals alleen vaders doen, en ten slotte vraagt hij: 'Wie gaat er mee naar een concert bij de Finse ambassadeur? Ze spelen Schubert.'

Vincent kijkt alsof hij gaat kotsen, en zegt dat hij al afgesproken heeft.

Ik denk: ik wil die Finse ambassadeur weleens zien. Dure kringen en een andere wereld. Dus ik zeg: 'Ik wil wel mee.' Vincent kijkt mij aan alsof hij zijn sigaret op mijn arm gaat uitdraaien, en zegt: 'Allez, tot straks dan.'

De ambtswoning van de Finse ambassadeur bevindt zich in een villawijk buiten de stad.

Ze doemt op tussen de bomen
op een heuvel
in een monumentale stijl.

De taxi zet ons af op een honderdtal meters van de ingang van de villa. Ik loop aan de zijde van Vincents vader naar de portier. Die vraagt wie we zijn, laat ons binnen, en in het halletje staat de Finse ambassadeur in slipjas en strik de handen van de gasten te schudden.

De ambassadeur is, fysiek gesproken dan, heel wat anders dan ik mij had voorgesteld. Oud, verrimpeld en bijna weggesmolten, maar doorwinterd in beleefdheid: de vleesgeworden etiquette. Met de vriendelijkheid van de grootburger met een ruime culturele bagage, en een even ruime minachting voor het volk, waartegen hij desalniettemin beleefd is.

Grenzeloos eigenlijk in zijn beleefdheid en vriendelijkheid, tot op het perverse af.

De gecoiffeerde dames en de heren op mocassins

schuiven binnen, glimlachend, knikkend, handen schud-
dend zoals de koninklijke familie doet, even tuttig en toch
indrukwekkend. Uiteraard niemand van mijn leeftijd,
ook al verdoezelen de nonnentenuetjes de leeftijden
van de dames.

En ik begrijp dat ik hier word ontvangen als de gezel-
schapsdame van Vincents vader. Het feit dat ik een goede
dertig jaar jonger ben maakt van ons samenzijn een
lekker curiosum.

Ik zie en voel de blikken.

Vincents vader gebruikt mij als strikje rond zijn poe-
delnekje.

Hij moet dit hebben voorzien. Maar hij heeft geluk, en
ik ook, want ik ben geheel in de mood om strikje te zijn.

Dus ik haak mijn arm in die van hem, en zo schrijden
we tot aan de vestiaire, waar van ons geen jas wordt
aangenomen, aangezien we er geen aanhebben.

Binnen begint Vincents vader meteen te praten met
zijn relaties. Ik word voorgesteld, de relatie in kwestie
schudt mijn hand en laat heel aimabel zijn ogen over
mijn bovenlichaam glijden, ik sta er voor de rest een
beetje voor spek en bonen bij.

Ik kijk rond naar de luchters en de zetels.

En glimlach naar de eega's, de vrouwelijke appendices,
allemaal spekjes en boontjes, bont gekleed aan de zijde
van hun gekostumeerde echtgenoten.

Eentje vraagt mij: 'Vous parlez français?'

Ik zeg: 'Oui, madame, bien-sûr.'

Zij vraagt: 'Et vous faites...?'

Ik denk: miljaar, wat nu?

Ik zeg: 'J'étudie toujours, à l'université de Louvain.'

Zij vraagt: 'Vous étudiez quoi?'

Ik zeg: 'Euh, vétérinaire.'

Ze bekijkt mij met een blik vol ontzetting en verwarring. Ze probeert te glimlachen en vraagt: 'Ah, vous aimez les animaux?'

Ik zeg: 'Parfois, oui.'

De geföhnde dame richt haar blauwe mascara geschokt naar de twee mannen, die hun gesprek ook spoedig moeten beëindigen omdat de ambassadeur een woordje gaat doen, waarna het concert zal beginnen.

Iedereen gaat in ongemakkelijke stoelen en banken zitten. De schriele, oude ambassadeur bedankt de aanwezigen voor hun aanwezigheid. En het kamerorkestje speelt Schubert.

De burgerij rond mij doet alsof ze luistert. Vooral de vrouwen doen hun best. De mannen geeuwen al eens, of nemen hun bril af, en wrijven met hun worstige linkerhand over hun dikke gezicht. Maar geen van hen lijkt wezenlijk geïnteresseerd.

Het is ook slaapverwekkend. De muzikanten zien eruit alsof ze zich van eeuw hebben vergist, en sloven zich uit voor een publiek dat vreest dat haar kapsel kan worden beschadigd als de violist te hevig tekeer zou gaan, en dus een al te grote luchtverplaatsing zou veroorzaken.

Gelukkig klinkt daar al het slotakkoord, waarna onmiddellijk, tijdens het applaus en het groeten al, een stoet personeel binnenschrijdt met allerlei schotels, met aperitiefhapjes en drankjes, fruitsappen, waters en wijnen, allemaal met een Finse toets.

De nobele dames en heren bedienen zich. En het lijkt of zij bij het nemen van eten en drank grote moeite hebben om hun zelfbeheersing te behouden. Ze blijven wel glimlachen en traag bewegen, maar onderhuids is een kracht voelbaar die zou willen losbreken – zoals de muil van een weerwolf door een gewoon gezicht – en zich op het eten zou willen storten. Het traag schrijdende volkje bij het buffet krijgt daardoor iets onwezenlijks, iets robotachtigs. Zij richten al hun energie nu naar binnen, op het beteugelen van de weerwolf, in plaats van naar buiten toe in elegante bewegingen. Zoals een auto die in de regen over watersporen rijdt, en eigenlijk zou willen slippen en tollen, maar door zijn bestuurder met veel moeite in het goede baanvak wordt gehouden.

Aangezien Vincents vader en ik al hebben gegeten, zijn wij vrij van elke drift in die richting, en blij met een glaasje wijn, waarmee we samen klinken.

Vincents vader praat wel veel met andere gasten, maar zorgt toch goed voor mij, vraagt of ik nog iets wil eten, vraagt extra wijn, enzovoort.

Na het tweede deel van het concert gaan we als eersten naar huis. Want ook Vincents vader, eerder het dynamische type met de das in de wind, had genoeg van de slowmotion in de woonkamer van de ambassadeur.

De Fin neemt persoonlijk afscheid van ons, zegt dat hij hoopt dat we ervan genoten hebben. Vincents vader schudt nog wat handen, en ik naar zijn voorbeeld, en we verlaten de woning.

We wandelen langs de gigantische bomen weer naar beneden, naar de weg.

Ik bibber van de kou in mijn Chinese kleedje.
Vincents vader legt een arm om mijn schouders
om mij te verwarmen,
en geeft me dan zijn vest.

Ik voel zijn arm onder zijn vest langs mijn taille glijden.

Ik kijk achterom: er staan wat mensen te lachen op het terras, maar die zien ons niet. Jammer. Ik had de mascara's graag nog eens doen pinken van ontzetting. En de messen in de kostuumbroeken doen scheeftrekken van afgunst.

We lopen verder naar de weg, waar de taxi al klaarstaat.

Ik ga met de baby naar de dichtst bijgelegen Brico-winkel. Ik heb nodig: spiegelklemmen, een mdf-plaat die groot genoeg is om het glas van de voordeur tijdelijk mee te bedekken (die ga ik dan beschilderen, blauwe lucht met wolken op, denk ik), en nog iets, ik weet niet meer wat. Ik probeer een winkelkarretje uit het rek te trekken, maar dan herinner ik me dat je daar een muntstuk van één of twee euro in moet stoppen. De baby wil zich loswringen uit mijn armen om op de parking rond te lopen. Ik probeer mijn portefeuille uit mijn handtas te vissen. Ik buig naar rechts om met mijn hand dieper in mijn handtas te komen, maar mijn tas, die aan mijn rechterschouder hangt, zakt daarbij mee naar beneden. Links wriemelt de baby uit al haar macht. Ik probeer mijn handtas met mijn rechterdijbeen omhoog te duwen. Hoewel die nu helemaal scheef hangt, lukt het me toch om mijn portefeuille te pakken te krijgen. Ik hoop dat er nog een stuk van één euro in zit. Gelukkig wel. Ik steek het muntstuk in de kar, maar het verdwijnt helemaal in de gleuf. Blijkbaar moest er een stuk van twee euro in. Het stuk van één euro kan ik vergeten, dat zit te diep vast. De baby huilt van frustratie omdat ik haar niet loslaat. Ik herhaal het hele procédé om mijn portefeuille, die ik weer in mijn handtas had laten zakken, terug in handen te krijgen. Ik heb geen muntstuk van twee euro. Ik heb ook geen briefjes, ik betaal meestal alles met mijn bankkaart. Ik denk: ik ga terug naar huis, maar dan zie ik dat er naast de ingang van de Brico een verdwaald karretje staat van de Carrefour, die ernaast ligt. Ik loop naar het karretje en zet de baby in het zitje. De baby lacht. Ik geef haar een kus op haar hoofdje.

In de taxi babbelt Vincents vader over muziek. Ik knik, zeg hmm en kijk in zijn ogen alsof ik zijn woorden drink als sperma in een cocktailglas. In het hotel vraagt hij of ik nog iets wil drinken. Ik heb wel zin in een cocktail en zeg caiperinha.

Hij drinkt cognac.

Een eindje verder zit een vrouw alleen. Ze heeft een mantelpakje aan en halflang zwart haar. Ze moet rond de veertig zijn. Ze rookt. Ze drinkt iets. Ze ziet er rustig uit.

Ik heb haar hier al elke avond zien zitten. Soms is ze opeens weg. Ik zie nooit met wie. Maar nu hou ik haar in het oog. Ze zit daar zo rustig van haar drankje te drinken.

De vader van Vincent ziet dat ik met haar bezig ben en zegt: 'Dat is Maria Lucia.'

Op dat moment komt een man naar haar toe. Hij vraagt haar iets, zij knikt, ze drinkt nog eens van haar drankje en ze gaan samen weg.

De vader van Vincent zegt: 'Ze is heel goed.'

Ik drink nog eens van mijn caiperinha en kijk in een van de spiegels waarmee de onderstuttende palen zijn bekleed naar mijn spiegelbeeld,

naar mijn opgestoken haar,

de eyeliner, de mascara,

en mijn rode kleed.

Ik drink nog eens.

Wanneer de cognac van Vincents vader op is, vraagt hij: 'Wil je nog iets?' Ik zeg: 'Nee, dank je', want anders ben ik hem te veel verplicht. En ik denk: onnozele gans, hij betaalt deze hele reis. Maar ik zeg toch: 'Nee, dank je', want je moet ook niet schaamteloos zijn.

We stappen in de lift. Hij stapt niet uit op de zesde verdieping. Hij lacht naar mij en zegt: 'Ik zal je verge-zellen tot aan je kamer.' Hij gaat mee tot aan de deur van mijn kamer en dan begint het getrek en het geduw. Lichtjes, maar het is toch getrek en geduw.

Ik zeg: 'Ik ben het lief van je zoon.'

Hij zegt: 'Ik weet dat je liegt. Vincent vertelt mij niet veel, maar dat toevallig wel.'

Ik denk: Vincent, klootzak.

Hij vraagt: 'Voel je je niet op je gemak?'

Ik zeg: 'Wat denk je?'

Hij zegt: 'Misschien zie ik je niet meer als we terug thuis zijn' en wil mij kussen.

Ik laat hem begaan,

want op den duur wordt dat tegenhouden even vermoeiend als het laten doen. En ik heb eigenlijk geen zin om alleen te slapen. Alleen: neuken, dat is mij een te hoge prijs.

Ik vraag: 'Wil je hier blijven slapen? Maar ik wil niet vrijen.' Ondertussen denk ik: dat is slim. Hij kan mij evengoed verkrachten.

Hij heeft in zijn ogen de blik van een buffel die bronstig is.

De blik die alle mannen hebben als ze begeren.

Hun verstand lijkt uitgeschakeld. Ze worden een soort robots, geprogrammeerd om één doel te bereiken: bevrediging. Het is een blik die geen geheimen heeft over hoe laat het is,

en wat de weg is die voor je ligt.

Achter je een muur.

Er is maar één richting:

Vooruit. Naar binnen.

Het is diezelfde drift die in elke aanraking zit: net iets nadrukkelijker dan normaal.

In de zwaarte van de voetstappen ook: trager dan normaal, alsof hun schoenen waren veranderd in dikke cothurnen. En in de ademhaling: dieper dan normaal. Niet hitsig

zoals bij de echte opwinding, gewoon dieper, ingehouden.
En dan die dwaze blik daarbij.

Hij vraagt: 'Wil je niet gaan zwemmen?'
Ik zeg: 'Het zwembad gaat om tien uur dicht.'
Hij zegt: 'Spijtig.'

En dan gebeurt het ongelooflijke,
even ongelooflijk als een trein die op eigen houtje van zijn
spoor zou komen,
een piramide die plots opzij zou bewegen,
een rots die zich verroert.
Hij zegt: 'Slaap wel. Tot morgen.'

Hij wil mij nog kussen, maar met de lichte voorwaartse
beweging van zijn hoofd heeft hij een beweging ingezet
die meer en meer neigt naar een afwending richting
gang. Traag als een stenen poort draait hij zijn lichaam
van mij weg. Zijn blik is nat, verward, dwaas. Het lijkt of
hij een grote krachtsinspanning levert. Bovenmenselijk.
En alsof de gang hem tegenwerkt, met hem meedraait
zodat hij niet opschiet.

De trage beweging lijkt eindeloos.

Maar dan, op een gegeven moment, staat hij en profil.
Met zijn gezicht, zijn voeten in zijn schoenen en zijn
lichaam naar de gang.
Hij zegt: 'Tot morgen'
en begint te lopen.

En ik denk: ik hoop dat hij morgen bij het uitchecken
mijn kamer betaalt
en alle drankjes aan het zwembad
en de minibar.

Ik hoor de liftdeuren opengaan, en weer dichtgaan.

Ik sta alleen in de gang, op het bruingeblokte vasttapijt, met mijn overdreven grote sleutelhanger en mijn piepkleine sleuteltje, aan een deur die er net zo uitziet als alle andere deuren: fineer, metalen knop met klein sleutelknopje in het midden.

En ik bedenk dat ik alleen moet slapen.

En dan bedenk ik dat de prijs toch echt te hoog lag.

Voor vanavond in ieder geval.

Ik doe mijn slaapkleedje aan. Roze, net een barbiejurkje. Ik poets mijn tanden. Ik lig in bed.

Ik luister naar het fel gedempte geluid van een vliegtuig, ik slaap in.

Even later, misschien een uur later want ik was echt diep aan het slapen, hoor ik heel luid op mijn deur bonken. Ik doe het licht aan, sta op, en vraag: 'Who is it?'

Ik hoor Vincents vader zeggen: 'Ik ben het. Laat mij binnen alsjeblieft.'

Ik vraag: 'Is er iets?'

Hij zegt: 'Ik wil je nog iets vragen.'

Ik denk: daar gaan we.

Ik doe de deur open, ik laat hem binnen. Hij heeft zijn kostuum nog aan. Ik denk dat hij uit de bar komt: hij ruikt naar cognac.

Ik vraag: 'Wil je een glas water?'

Hij zegt: 'Nee, ik wil jou.'

Ik leun tegen de muur, want ik weet niet goed wat ik moet antwoorden.

Hij staat tegenover mij en komt met één arm tegen

dezelfde muur leunen, zijn hand naast mijn hoofd. Zoals in die oude reclame voor Perletta, de ijspralines in de cinema. Ik trek mijn been op zoals die vrouw deed en duw met mijn voetzool tegen de muur.

Ik denk: zij was blond, ik niet, maar Vincents vader lijkt wel op die vent, maar dan ouder, veel ouder natuurlijk.

Ik hoor: 'Laat mij, alstublieft',

en ik voel zijn mond op die van mij,

zijn kostuumvest tegen mijn vel,

zijn knopen en zijn epauletten,

de gesteven stof.

Hij laat mijn nachtkleedje op de grond glijden

en de volgende morgen lig ik in de armen van Vincents vader,

die snurkt en ademt

in mijn nek.

Ik kijk rond.

Zijn kleren liggen her en der. Dat komt vandaag niet meer goed met dat kostuum. Maar hij heeft er nog meer. Nog veel zelfs: mooi gestreken kostuums.

Ik maak hem wakker.

Ik zeg: 'Ik zou liever hebben dat Vincent het niet weet.'

Hij schrikt dat hij ligt waar hij ligt. Hij komt recht op zijn ellebogen, laat zich weer op zijn rug op het bed vallen en zucht heel diep.

Hij zegt: 'Ja, ik ga naar mijn kamer.'

Ik kijk naar zijn gezicht. Het is een andere persoon dan de man van gisteravond.

Hij stapt uit bed.

Zijn lichaam is net als dat van Vincent: een beetje gebogen, mager. Ik wend mijn ogen af tot hij zijn kostuum aan heeft, dan ziet hij er mannelijker uit.
Hij zegt: 'Tot straks'
en ik zeg: 'Tot straks.'
Ik draai mij op mijn zij naar de muur
en ik ween.
Een beetje.

We gaan de Brico binnen. Bij de ingang staan chrysanten. Gele, witte, oranje, paarse. Ik sta te twijfelen of ik chrysanten zal kopen en ze dan naast de voordeur zal zetten. Ik beslis chrysanten te kopen. Ik twijfel welke kleur ik zal nemen. Ons huis is wit. Is wit dan niet het mooist? Of is dat flets? Geel, nee, daar hou ik niet van. Paars, dat is zo kerkhofachtig. Oranje? Nee, dat is nog lelijker dan geel. Ik neem witte, en zet ze in de kar. De baby hangt naar achter en wil de bloemen grijpen. Ik loop langs de rekken. In de middengang staat voor elk rek een schraag met twee panelen met daarop: '50 jaar Brico. Gelukkige verjaardag!' Bovenaan op elk paneel hangen drie ballonnen. De baby kirt: 'Ballon! Ballon!' We naderen de rij Bouwmaterialen. Ik loop een hele tijd heen en weer langs de rij vezelplaten, mdf-platen, gipsplaten. Je hebt alles in allerlei maten en diktes. Ik schat welke dikte het best zou zijn. Maar mdf-platen van die dikte hebben ze in een te kleine maat of in een heel erg grote maat. Ik probeer zo'n grote op te tillen, maar de plaat is heel zwaar. Ik denk: met wat hulp misschien. Op dat moment zie ik een man lopen met een heel ander soort kar, specifiek voor het vervoeren van platen. Maar daar kan natuurlijk geen kind in. Ik overweeg om de baby te laten rondlopen en zo'n andere kar te nemen. Dan kan ik alsnog een grote plaat nemen, dan zijn we daarvanaf, anders moet ik nog eens terugkomen. Maar krijg ik die plaat dan wel in de auto? Nee, ik denk het niet. Gelukkig is de baby mee, anders was ik helemaal voor niets gekomen. Ik ga op zoek naar spiegelklemmen. De baby roept: 'Ballon! Ballon!' en kijkt heel ongelukkig omdat ze er geen kan aanraken. In de rij Ophangsystemen vind ik allerlei moeren, schroeven, haakjes in alle maten, maar geen spiegelklemmen. Ik ga naar de infostand. Boven de infostand hangt een tiental ballonnen. De baby roept: 'Ballon! Ballon!' Ik steek mijn hand in de lucht om te tonen dat ik er niet bij kan. De infoman is bezig met een koppel. Hij heeft regelmatige trekken en een oorring. Plus een trouwring. Rond de veertig. Ik ken een jonge man die een trouwring draagt als hij uitgaat, omwille van het erotiserende effect ervan op vrouwen. 'Ballon!' Een minuut gaat voorbij, twee, drie, vier minuten. De baby wordt het beu. De infoman zoekt weer een andere info op in de catalogus en checkt ook op zijn computerscherm. Ik ga naar de computers met de online-catalogus. Ik tik in: bouwmaterialen. Ik vind afbeeldingen van hout voor lambriseringen, van bakstenen en iemand die metselt, van balken en bepleistering, maar niets in de aard van mdf of vezelplaten. De baby wil uit het karretje. Met mij mee op de computerstoel. Ik denk: fuck de spiegelklemmen, en beslis naar de kassa te gaan. Er staat een lange rij. De baby is het karretje echt beu. Ik laat haar rondlopen. Ze strekt haar armpjes uit naar de ballonnen die boven de kassa hangen. En dan wandelt ze wat rond. Ik kijk naar de koopwaren van de klant voor mij. Allerlei formaten houten balken, een boormachine, een beschermingsbril. Plots hoor ik achter mij een plof. Ik hoor geen gehuil. Ik loop snel naar de baby. Ze ligt op een dichtgeklapte schraag, ze heeft een ballon vast. Ze kijkt geschrokken. Ik neem haar snel in mijn armen, en ga weer met haar in de rij staan. Ik geef haar kusjes en zeg dat ze voorzichtig moet zijn. Na lang wachten reken ik de chrysanten af. Ik denk: ik ben helemaal naar hier gekomen voor chrysanten die ik om de hoek ook kan kopen. Ik rij over de ring weer naar huis. Ik kijk naar de vrachtwagen voor mij. Uit de spatlappen over de wielen doemt het beeld op van mijn baby die op de schraag ligt. Ik stel mij voor dat de panelen aan weerszijden van de schraag uit elkaar worden gehouden door een dwars balkje, eerder een pin. De schraag klapt toe, en de pin boort door het paneel, en vervolgens door de baby. Ik draai mij om aan de kassa, en zie dat de baby aan de pin is gespietst. Ik rij wat trager om het beeld te laten vervliegen. Ik kijk ergens anders heen, het dak van het Sportpaleis. Ik hoor de baby tegen zichzelf babbelen. Ik kijk in de achteruitkijkspiegel. De baby ziet het, en zwaait. Ik zwaai terug. Er zijn zoveel tweesprongen. Elke tweesprong kan een ontmoeting met een ramp betekenen. Het is een wonder dat dat doorgaans niet het geval is. Doorgaans gebeurt er gelukkig helemaal niets.

Toen we weer thuis waren, kwam Vincents vader vaak op bezoek. In ieder geval veel meer dan voor Lissabon.

Hij nam mij mee naar restaurants, naar klerenwinkels en naar musea, naar de cinema en zelfs eens naar Disneyland. Hij zei dat hij wist dat dat belachelijk was: Disneyland zonder een kind erbij, maar dat hij dat altijd met zijn dochter had willen doen, als hij had gekund, als hij tijd had gehad.

En hij keek daarbij zo triest (zijn schouders hingen een beetje naar voren, en hij boog zijn hoofd met zijn grijze haar), dat ik het hem niet kon weigeren. Het was net als op tv, maar dan in 't echt, dus oneindig veel triester, zodat ik hem een kus gaf op zijn haar, en deed wat hij wilde.

Het was trouwens niet onaangenaam. Als hij zich op zijn gemak voelde, had hij niet zo die neiging om flauwe grappen te vertellen. Dus hoe meer ik hem zag, hoe aangenamer het werd.

Alleen kwamen daar altijd die avonden dat hij mij thuis bracht, en dat Vincent niet thuis was, en dat hij mee naar binnen wilde, mee naar mijn kamer.

Of die namiddagen dat hij een hotel had gehuurd voor een paar uur.

Als we gevrijd hadden, brutaal als de beesten, werd hij altijd een heel andere man. Hij leek gebroken door de krachtsinspanning, en in zijn blik zat een donkere put. Hij was kort van stof. Dat duurde zo een uur, tot we iets gingen drinken, of iets gingen doen.

En we hebben veel gedaan.

Vincent, Vincents vader en ik.

Dingen die ik zonder hen nooit zou hebben gedaan.

We zijn naar Berlijn gegaan, waar we in een hotel logeerden waarvan elke kamer de naam had van een showbizzster, en waar we naar loungecafés gingen, en naar meditatieplekken in oude DDR-torens met geurtherapie en klank- en lichttherapie, en met zicht op het drukke verkeer, dat als lichtslingers en glimwormen honderd meter onder onze voeten voorbijgleed.

We zijn naar Barcelona gegaan. Ik ben daar zelfs op een nacht in mijn eentje verdwaald in de haven. De haven daar, dat is een arm in de zee: de elleboog ligt bij Barceloneta, en de vingers ver in zee. Op een nacht ging ik van Barceloneta naar Barcelona. Ik was Vincent kwijtgeraakt op een feestje, en de Spanjaarden met wie ik had geblowd ook. Ik volgde de kustlijn te voet. Maar de lichtjes van de stad dreven steeds verder weg, alsof de stad en ik twee magneten waren met dezelfde lading.

Na een tijdje had ik door dat ik op de arm zat, en dat het zwart dat tussen mij en de stad uitdeinde, de zee was. Het werd donkerder en donkerder, want in de haven werd de verlichting schaars. Af en toe raasde een auto voorbij, en in stilstaande trucks met venstertjes met gesloten gordijnen ervoor sliepen truckchauffeurs.

Voor mij zag ik een brug die de arm met de kust leek te verbinden. Ik liep verder en verder. Het werd later en later. Maar ook de brug dreef steeds verder weg. Er raasde een auto voorbij. Ik dacht: ik zou kunnen liften. Ik stelde me voor dat er een auto zou stoppen, en dat ik zou vragen hoe ik naar Barcelona moest, en dat de chauffeur zou

glimlachen, en heel griezelig zou kijken, en een mes tevoorschijn zou halen, en mij zou verkrachten en mij zou
vermoorden. Mijn hart klopte in mijn keel.

Ik durfde ook geen truckchauffeur wakker maken: sla-
pende honden, dat is nog het veiligst. Tot ik begon te
zien

dat de brug geen brug was,

maar een kromming van de arm

in de zee,

en dat zelfs de vingers van de arm

de kust niet raakten.

Ik was al uren in de verkeerde richting aan het lopen.

Ik ben een tijdlang blijven stilstaan, en heb met mijn
ogen het landschap bevraagd, maar het antwoordde niet.

Ten slotte heb ik mijn moed bijeengeraapt, en heb op
het raam van een truck geklopt, en ben blijven kloppen.
Tot het gordijntje openschoof en een chauffeur met brede
baard en kleine oogjes, als een dwerg van Sneeuwwitje
maar dan in het groot, verscheen en keek alsof hij nog
sliep.

Hij draaide het raampje naar beneden.

Ik vroeg: 'Which way is Barcelona?'

Hij zei: '¿Barcelona?'

Ik zei: 'Yes.'

Hij zei '¿Estás a pie?'

Ik zei: 'Wablieft?'

Hij zei: 'Está muy lejos a pie.'

Ik snapte er niets van, maar ik zag aan zijn gezicht dat
het een belachelijke vraag was. Ik moest waarschijnlijk

gewoon de hele weg terug. Gewoon de hele weg terug. Hoe lang had ik nu al gelopen? Twee uur? Drie uur? Ik keek in de richting die ik uit moest, mijn wangen bolden op, en ik blies.

De reuzendwerg vroeg: '¿Estás sola?'
Ik haalde mijn schouders op, want ik verstond er geen bal van.
Hij zei: 'Es peligroso.'
En: '¿Quieres dormir aquí?'

Hij wees mij aan, en vervolgens hield hij zijn hand-palmen tegen elkaar, legde ze tegen zijn wang en hield zijn hoofd schuin, en hij maakte een snurkend geluid: 'grompsie' en toen wees hij naar beneden, naar zijn truck dus.

Ik denk dat hij vroeg of ik hier wou slapen. Hij stak twee vingers op, en toonde zijn gordijn.

Ik dacht: het is niet verstandig om hier op in te gaan, maar ik zie het niet zitten om terug te lopen, en dus zei ik: 'Oké.'

Hij opende zijn deur. Ik kroop naar binnen. Hij toonde mij een veldbed en een uitschuifbaar gordijn. Hij kroop op zijn veldbed. Hij schoof zijn gordijn dicht, en twee minuten later hoorde ik hem snurken.

En ik stelde mij voor hoe ik dicht tegen zijn dikke buik zou liggen, en zijn geblokte pyjama, en hoe zijn bolle buik perfect in de kom van mijn opgetrokken benen zou passen. Of ik zou tegen zijn borst slapen die op en neer ging, traag als de borst van een reus. Zijn baard zou kriebelen tegen mijn voorhoofd. Ik zou af en toe naar

boven kijken, recht zijn patatneus in, en ik zou de reus-
achtige haren daarin zien trillen bij elke ademhaling.

De volgende ochtend heeft hij mij afgezet aan de
schouder van de arm. We hebben handen geschud en
hij is aan zijn werkdag begonnen en ik aan mijn voet-
tocht richting Barcelona.

Het was al licht.

De mensen liepen naar hun kantoren als stofdeeltjes
aangezogen door een stofzuiger.

En ik bedacht dat het lang geleden was dat ik gestof-
zuigd had.

Ik zit aan mijn bureau. Het is vrijdag. Het stapeltje dossiers dat ik moest verwerken, is weggewerkt. Ze liggen nu
allemaal rechts van mij. Deze morgen lagen ze links. Ik
sluit het programma af. Ik surf nog wat, maar ik heb geen
enkel doel, dus de wegen sluiten zich door de veelheid
ervan. Ik tik www. Ik weet niet wat ik daarna zou tikken.
Google? En dan. Vakantiehuis Ardennen. Ik kom op een
pagina met sites waarin het woord Ardennen voorkomt.
Ik bekijk wat mogelijkheden in Luik. Dure dingen. Lelijke
dingen. Saaie dingen. Ik download een chalet met typische inrichting: houten living met hellend dak, open
keuken. Het is goed gelegen, rustig, staat er. Karl komt
binnenvallen. Hij ziet er opgetogen uit. Ik had hem vandaag nog niet gezien. Er zit gel in zijn grijzende haar. Dat
geeft hem een pooierlook waar ik niet van hou. Hij gaat
zoals gewoonlijk in de stoel tegenover mij zitten, rechtervoet over linkerknie. Hij zegt: 'Ik heb een nieuwe auto

gekocht.' Ik zeg: 'Proficiat. Wat voor een?' Hij straalt uit volle borst. Hoewel hij zich tegelijkertijd lijkt te schamen, zegt hij met een glimlach die hij niet kan onderdrukken: 'Een Audi A6.' Ik fluit. Hij zegt: 'Avant. Een break.' Ik zeg: 'Voor alle kindjes die je nog gaat maken?' Hij zegt: 'Nee, om samen met jou in rond te rijden.' 'Met mij?' 'Vandaag toch.' 'Ah zo?' 'Straks. Het is vrijdag. Dan heb je toch een uur tijd na het werk?' 'Klopt, ja.' 'Geen zin?' Ik vraag: 'Welke kleur?' Hij zegt: 'Blauw.' 'Hoe lang heb je hem al?' Ik ben hem gisteravond gaan ophalen.' Het is even stil. 'Heb je zin om een toertje te doen?' Ik denk: waarom niet? Ik zeg: 'Waarom niet?' Hij zegt: 'Je zult er geen spijt van hebben.' Ik zeg: 'Oké. Zeg, had jij niet zo'n adresje in de Ardennen?' 'Ik heb heel veel adresjes in de Ardennen.' 'Ik vind nooit iets op internet.' 'Jij wou toch op reis in Vlaanderen?' 'Uiteindelijk zijn de Ardennen ook niet ver. En daar spreken ze Frans. Dan heb je meteen de indruk dat je in het buitenland zit.' 'Dat is waar. Dat is waar. Ik zal ze doormailen. Ga je nu mee straks?' Ik zeg: 'Ja.' Hij zegt: 'Tot straks' en verdwijnt weer. Ik pak de dossiers en ruim ze op. Ik denk: gelukkig gaat mijn man de baby ophalen. Ik ga naar het toilet, neem de reistandenborstel die altijd in mijn handtas zit en een beetje tandpasta uit de minitube. Ik poets mijn tanden. Ik kijk in de spiegel naar mijn ogen. Ik vind dat ik er de laatste tijd vermoeid uitzie. Vroeger had ik enorme ogen. Nu worden ze kleiner. Ik neem mijn mascara, en werk mijn wimpers bij. Die zijn gelukkig nog steeds even lang. Toch? Ik ga met mijn gezicht op twee centimeter van de spiegel hangen. Waren ze vóór de baby niet langer? Ik voel aan mijn borsten. De borstvoedingsperiode is voorbij. Mijn borsten hebben hun oorspronkelijke formaat terug. Maar het vet boven de borsten is weg. Omgezet in melk. En vervolgens weg gezoogd. Ik ga en profil staan en dan weer en face. Ik recht mijn schouders en verlaat het toilet. Ik hoop dat niemand ziet dat er extra mascara aan mijn wimpers hangt. Schminken is iets wat je niet toont. Anders wordt het zielig. Het moet lijken alsof je met de schmink geboren bent. Wanneer ik terug in mijn kantoor kom, staat Karl al klaar. 'Kom, binnen een kwartier wordt de boel hier toch afgesloten.' Ik zeg: 'Oké, mijn werk is klaar.' Karl loopt te snel de gang uit. Vervelend, want nu heb ik het gevoel dat ik hem volg, terwijl hij eigenlijk mij achternaloopt. De moed zakt me in de schoenen. Ik heb absoluut geen zin meer in een ritje. Ik zeg: 'Karl, ik moet nog boodschappen doen, ik ga wel mee naar je auto kijken, maar ik denk niet dat ik mee kan gaan rijden.' Karls ogen krijgen iets honds. Hij zegt: 'Dat is geen probleem. Ik zal langs een supermarkt rijden.' Ik zeg: 'Oké dan' en bedenk dat als ik thuis 'oké dan' zeg, de baby ook 'oké dan' zegt. Als ik 'o nee' zeg, zegt de baby: 'O nee o nee o nee.' Ik denk ook aan die keer dat ik met de baby in de trein zat en ze de stipjes op de bank aan het bestuderen was. Het vingertje ging van stip naar stip. Plots kwam ze uit bij de bil van de man op de bank ernaast. Ze keek omhoog en lachte. Karl zegt: 'Waarom lach je?' Ik schrik en zeg: 'Ik lach toch niet?' Hij zegt: 'Kijk, daar staat hij.' Hij drukt op een knopje op de sleutel en de lichten van de auto flikkeren. Het is inderdaad een Audi A6 break, een logge slee waarmee je geen vinnige bochten kunt maken en die je in de stad nergens kwijt kunt. Ik zeg: 'Amai, wat een bak.' Karl kruipt achter het stuur. Ik open het rechterportier en ga zitten op de lederen zetel, voor het gigantische dashboard. De zee. Karl start de motor. Hij probeert wat knopjes uit. Per ongeluk zet hij de ruitenwissers aan. Die schuiven loom, elegant, grootburgerlijk over de voorruit. De graad van burgerlijkheid van een wagen zit hem vaak in het karakter van de ruitenwissers. Ik zeg: 'Het ziet er als een veilige wagen uit.' Karl zegt: 'Ja.' Hij rijdt. We rijden door de stad. We staan meestal stil, want op dit uur is het enorm druk. Ik zeg: 'Je hoort de motor bijna niet.' Maar Karl communiceert niet meer. Hij is één met de wagen en met zichzelf. Ik zeg: 'Ik ben ook wel een beetje een autofetisjist.' Karl zegt: 'Ah.' We rijden inmiddels op de snelweg. Tonen hoe snel zijn wagen kan, lukt nu niet, want het is echt heel druk. Na een tiental minuten neemt hij een willekeurige afslag. We rijden op een nationale weg, staan meestal stil voor lichten en slaan dan een geasfalteerde weg in tussen velden en lintbebouwing. Het landschap is heuvelachtig. Niet slecht. Ik kijk even achter in de auto. Glimmend nieuw leer overal. Ik zeg: 'Ruim wel.' Karl antwoordt niet. Ik denk: waarom doe ik eigenlijk al die moeite? We rijden nog een tijdje en dan zegt Karl: 'Ik zal je terugbrengen.' We rijden heel de weg terug, langs de lintbebouwing, langs de lichten van de nationale weg, over de drukke snelweg, weer de chaotische stad in. Ik stel me voor dat de auto er vanbuiten indrukwekkender moet uitzien dan vanbinnen. Er is wellicht een discrepantie tussen hoe ik me voel, en hoe ik bekeken word. Naast ons stopt een Chrysler. Ik vraag: 'Hou jij van Amerikaanse wagens?' Karl zegt: 'Nee.' 'Ik wel.' 'Die drinken te veel.' 'Je kunt een gastank laten installeren.' Karl zegt: 'Ontploffingsgevaar.' Ik zeg: 'Ik wil wel een Dodge.' Karl is druk bezig met in achteruitkijkspiegels kijken, want hij gaat een manoeuvre uitvoeren. Wanneer we terug bij het kantoorgebouw zijn, zegt hij: 'Ziezo.' Ik zeg: 'Die boodschappen zal ik zelf maar doen zeker?' 'Oei, vergeten.' 'Niet erg.' Hij bekijkt me alsof hij nog iets gaat zeggen. Ik zeg: 'Bedankt voor de rit' en stap uit. 'Tot maandag.' 'Tot maandag.'

Ik loop naar mijn auto, steek de sleutel in het slot, start de motor. Ik ben in mijn nopjes omdat ik nu snel de baby ga zien. Ik sta stil in het verkeer. En ik rij naar huis. Ik steek de sleutel in het slot van de voordeur en ga naar binnen. Mijn man en de baby zijn er nog niet. Ik zet de verwarming aan, ga naar de keuken en haal de soepprei uit de ijskast, de bakboter, de bouillonblokjes en het soepvlees. Ik neem een dikke ui. Ik neem de houten plank en een groot mes. Ik snipper de ui, wat me doet huilen. Doordat de tranen vloeien, komen er nog meer tranen. En nog meer en nog meer. Ik ben aan het huilen. Maar ik weet niet waarom. Ik vind het niet onaangenaam, aangezien ik niet weet welk verdriet ik precies aan het uithuilen ben. Mijn neus snottert. Ik wil mijn neus snuiten maar mijn vingers hangen vol uiensap. Vervolgens hangt mijn zakdoek vol uiensap en snotter ik nog harder. Het moet een filmisch beeld zijn: een jonge moeder in nette kleren die aan het aanrecht staat te huilen met opgestoken haar. Mijn mascara loopt over mijn wangen. Hij was zogenaamd waterproof. Ik denk: als mijn man thuiskomt, kan ik de ui de schuld geven. Het gaat over. Ik voel me opgelucht. En week. Als nagels die te lang nat zijn geweest. Ik neem de preistengels. Ik begin ze te snijden. Ik hoor dat er aan de deur gerammeld wordt. Ik denk: daar is mijn gezinnetje. Mijn man en de baby verschijnen in de woonkamer. Er wordt uitbundig 'Hallo' gezegd. Mijn man vraagt: 'Oei, heb je gehuild?' Ik zeg: 'Nee, dat komt door de ui.' Mijn man vraagt: 'Wat ben je aan het maken?' Ik zeg: 'Preisoep.' Hij zegt: 'Hmm, lekker.' De baby wil op een stoel bij het aanrecht staan. Ze speelt met de rondjes prei. Ze steekt er één in haar mond. Ik zeg: 'Nee, niet doen.' Ik denk: ze zal het wel terug uitspuwen. Ik fruit de uitjes, en braad het soepvlees. Ik wil de prei in de kom doen, en zie dat de baby rode ogen heeft die tranen. Ze ziet eruit alsof er stoom uit haar oren komt. Maar ze staat haar mannetje. Ik zeg: 'Zie je wel dat rauwe prei niet lekker is' en geef haar een kus voor haar moed om het rondje prei toch helemaal op te eten. Ik denk: ik hoop dat haar darmpjes daar geen last van krijgen. Mijn man gaat intussen naar de videotheek en komt terug met een film met John Malkovitch. We eten soep. En daarna geroosterde hammetjes met boontjes en aardappelen.

John Malkovitch is een lekker beest. Terughoudend, passioneel, heerlijk degoutant. Op het scherm van mijn computer verschijnt een infobrochure over een nieuw opslagsysteem voor e-mails. Ik start het programma, en een vrouwelijke stem begint uit te leggen dat er in Outlook bedroevend weinig plaats is voor het opslaan van e-mails, en vraagt of ik dat ook beu ben. Wel, dan is er nu een oplossing. Het Advanced Storage System beheert de archivering van uw e-mails. Net op het moment dat ik nieuwsgierig begin te worden, komt Karl binnen. Hij vraagt: 'Goed weekend gehad?' Ik zet het programma even stop. Ik zeg: 'Ja, jij?' 'Ja ja.' Hij inspecteert mijn kalender met het biggetje. Hij zegt: 'Ik ben naar *Swimming Pool* gaan kijken.' Ik vraag: 'In de bioscoop?' 'Ja.' 'En?' 'Nogal, nogal.' Ik denk: als je niet wil praten, ga dan weg, ik heb andere dingen te doen. Ik vraag: 'Wat vindt je vriendin van je auto?' Hij zegt: 'Goed, goed.' En: 'Mijn maag is al een tijdje niet goed.' Ik vraag: 'Wat scheelt er?' Ik weet niet, maagzuur of zo.' 'Neem je er iets tegen?' 'Ja, maar dat helpt niet veel.' 'Kalmeren kan helpen.' 'Ja, dat zal wel.' Hij vraagt: 'Van welke Amerikaanse auto's hou jij eigenlijk?' 'Dat heb ik toch al gezegd.' 'Niet waar.' Ik leun achteruit in mijn bureaustoel. 'Als ik echt mag kiezen?' vraag ik. 'Ja.' 'Een Dodge Dakota. In Canada is dat de best verkopende wagen in zijn categorie, en terecht. Ofwel een Dodge Ram Pickup 1500. Dat is 345 pk. 345 pk. Een 1500. Hoger heb ik niet nodig. Een 2500 of een 3500 zou te veel zijn, dat is voor mensen met een range of met paarden in de weidse natuur.' 'Welke kleur?' 'Zwart of wit.' 'En nu rij je met een blauwe Opel Astra vijfdeurs.' 'Ik wil geen maagzweren voor afbetalingen', en ik lach een beetje. Hij zegt: 'Dat is daar niet van, hoor. Ik had wat gespaard, dus...' 'Ach, ik heb geen Dodge nodig. Wat kun je hier nu met een Dodge doen. Geen metertje terrein te zien. Onmogelijk om te parkeren ook. Dit land is daar echt te klein voor.' 'Dat vind ik ook. Goed, veel plezier nog vandaag.' 'Tot straks misschien in de cafetaria.' 'Nee, ik ga tijdens de middagpauze nog wat rijden.' Hij trekt de deur achter zich dicht. Ik denk: goed, dan kan ik straks met Viviane babbelen. Ik besluit het Advanced Storage System voorlopig te laten voor wat het is en begin aan mijn werk.

Viviane neemt twee varkenskoteletten met frietjes en ik neem spaghetti. Ze vraagt: 'Wil jij een dessert?' Ik zeg: 'Voorlopig niet.' Ze zegt: 'Ik ga een yoghurtje nemen.' We zoeken een tafel. Ze zegt: 'Je moet eens raden wat ik dit weekend gedaan heb.' Ik vraag: 'Wat?' Ze zegt: 'Ik heb... ik heb...' Ze is met haar gedachten bij haar ogen die een tafel zoeken. 'Ik heb een... Ah, kijk, daar is een tafel vrij, kom. Wel, ik zat naar een homeshoppingprogramma te kijken vrijdagavond.' Ze baant zich een weg tussen de tafels en de stoelen. Ze loopt voor me uit en draait haar hoofd slechts af en toe in mijn richting. Ik zeg: 'Sorry?' Ze zegt: 'Wacht.' We gaan zitten. Ze zegt: 'Soms kijk ik 's avonds laat naar een homeshoppingprogramma. En dit weekend draaide er een spot voor oorringen waar je van afvalt.' Ik vraag: 'Oorringen waar je van afvalt??' Ze zegt: 'Ja, ik weet het. Maar die spot draaide zo vaak dat ik toch naar dat nummer heb gebeld, en ik heb die oorringen besteld.' Ik vraag: 'Denk je dat dat kan werken?' Ze zegt: 'Nee, natuurlijk niet, maar je weet maar nooit. Stel je voor dat het wel werkt. Het is iets met magnetisme.' 'Maar Viviane, jij moet toch helemaal niet afvallen.' 'Jawel, ik voel mij dan beter. Ik heb een tijd gemontignact, maar dat ben ik beu. Dat hielp toch wel.' Ik zeg: 'Ik heb ook eens gemontignact, en toen ben ik dikker geworden.' Ze zegt: 'Als je onder een normaal gewicht zit, word je daar inderdaad dikker van.' 'Ik zit toch niet onder een normaal gewicht.' 'In ieder geval, ik heb oorringen besteld.' 'Wel een grappig idee.' 'Die kilo's moeten er gewoon af voor ik zwanger word. Want als ik ze er daarna af moet krijgen, plus de kilo's die je er sowieso bij krijgt door een zwangerschap, dan is het waarschijnlijk nog veel moeilijker.' Ik zeg: 'Ik ben toch niet aangekomen?' Ze zegt: 'Nee, maar mijn moeder wel. En dat is erfelijk.' 'En dan nog?' 'Ben je gek?' Ik zeg: 'Een moeder als een moederland, je baby vindt het vast fantastisch.' Ik wil nog zeggen: 'Een moeder is altijd aantrekkelijk. Een moeder is een totem. Dat beseffen is fundamentele vrijheid. Kinderen brengen de vrouw de vrijheid. Dat mannen dat niet weten, doet er niet toe.' Maar ik zeg het niet. Ze zegt: 'Mijn moeder heeft mij altijd gezegd dat een van de moeilijkste momenten in een vrouwenleven het moment is waarop je merkt dat mannen je op straat niet meer aankijken.' Ik zeg: 'Mijn moeder heeft mij altijd gezegd dat ik nooit afhankelijk mocht worden van een man.' We lachen. Ik vraag: 'Hoe zijn je koteletten?' Ze zegt: 'Taai.' Ik zeg: 'Mijn man eet graag koteletten, korteletten zoals hij zegt.

En vis. En soep. Ik ben niet zo'n soepmadam.' Viviane zegt: 'Ik ook niet, behalve waterzooi.'

Er wordt op mijn deur geklopt. Ik zeg: 'Ja.' Karl komt naar binnen. Nee, het is Viviane. Ze heeft een stapel dossiers in de handen. 'Ik kom je nog wat werk bezorgen. Maar het zijn geen al te moeilijke gevallen, denk ik.' Ik zeg: 'Leg daar maar neer.' Ze vraagt: 'Alles goed voor de rest?' Ik zeg: 'Ja, ça va, ça va.' 'Ga je vanmiddag in de cafetaria eten?' 'Ja, ik hoop dat het lekker is vandaag.' 'Dan zie ik je straks. Ik zal langs hier komen.' 'Perfect. Tot straks.' De baby is gisteravond bij mijn moeder blijven slapen omdat ik met mijn man naar een concert ging. Slecht concert, slechte pianist, tijdverlies. Ik draai het nummer van mijn ouders. Mijn moeder neemt op. Ze zegt: 'Ik wist dat jij het was.' Ik vraag: 'Heeft de baby goed geslapen?' Ze zegt: 'Heel goed. Ze is onmiddellijk ingeslapen.' Ik vraag: 'Heeft ze flink gegeten?' Ze zegt: 'Heel flink. Gisteren broccoli met aardappeltjes, en als vieruurtje een banaan. En deze morgen heeft ze melk gedronken en een rijst-wafel gegeten.' 'Oké, ik kom vanavond rond zes uur langs.' 'Oké, mijn kuikentje.' 'Daag.' 'Daag.' Ik hang op. Ik neem een dossier en sla het open. Ik kijk na of de bouwaanvraag verenigbaar is met het gewestplan en het bijzonder plan van aanleg. Het ziet er goed uit. Ik neem alle stukken nog eens door en formuleer een positief vooradvies. Ik kijk op, en merk dat mijn nek pijn doet. En mijn benen voelen zwaar aan. Ik sta op. Ik strek mijn romp, steek mijn armen in de lucht en buig mijn hoofd naar achter. Zo blijf ik een tijdje in een heerlijke strekking staan. Ik zie dat er een tegeltje loskomt in het verlaagde plafond. Ik denk aan de werknemer boven mij. Ik weet eigenlijk niet wie daar precies zit. En de verdieping daarboven, dat is de cafetaria, en daarboven, dat weet ik eigenlijk niet. Ik denk dat die leeg staat. Ja natuurlijk, want we hebben ooit een lek gehad, en toen... Ik klap plots dubbel met een gil. Karl is onmerkbaar binnen gekomen en gaf een kneepje in mijn middel. Hij lacht. Ik merk dat ik hem eigenlijk nog nooit heb zien lachen. Hij zegt: 'Wel madammeke, aan 't fitnessen?' Ik zeg: 'Er is er hier maar één die fitness nodig heeft: jij.' We lachen. Dan wordt hij iets ernstiger en vraagt: 'Vind je?' Ik zeg: 'Ja, natuurlijk. Toon eens, dat buikje en die borstspieren.' Hij zegt: 'Ik heb eigenlijk altijd al een kippenborst gehad. In mijn jeugd heb ik wel wat aan powertraining gedaan.' Ik zeg: 'Jij hebt absoluut geen kippenborst.' Het klonk overtuigder dan ik had gewild. Hij zegt: 'Nee nee, ik heb het begrepen. Morgen schrijf ik me in bij de fitnessclub.' 'Het was maar een grapje hoor.' 'Nee, ik wil het eigenlijk al lang, maar het komt er niet van.' 'Kwam je nu eigenlijk iets vragen?' 'Nee, ik liep voorbij en ik zag je staan, en ik kon het niet laten.' Ik glimlach. Hij zegt: 'Tot later.' Ik zeg: 'Tot later.' Ik beweeg de muisknop van mijn computer om de screensaver te doen verdwijnen. Ik zie dat het 12:09 uur is. Ik denk: ik hoop dat mijn moeder de baby geen ei geeft vanmiddag, want ze heeft deze week al een eitje gehad. Ik bedenk dat ik dringend een paar warme pyjama's moet kopen, want ze is overal uitgegroeid. En eigenlijk zou ik ook haar kleren eens opnieuw moeten sorteren. Wat te klein is, ertussenuit halen en in de mand met te kleine kleren leggen. Nu is het 's morgens soms moeilijk om te weten wat nog past en wat niet, en zo verliezen we veel tijd. Ik zou het eens op een avond moeten doen, want in het weekend komt het er niet van. Het probleem is dat als de baby erbij is, ze alle kleren uit de kast trekt en overhoop gooit. Het zal dus moeten gebeuren als mijn man thuis is. Maar dan is het zo gezellig. Koken en eten en naar Winnie de Poeh kijken. En als de baby in bed ligt, gaat het niet meer natuurlijk, want dan maak ik te veel lawaai in haar kamer. Ik neem een stapeltje papieren, en er wordt op de deur geklopt. Ik zeg: 'Ja.' Ik hoor: 'Kom je mee?' Het is Viviane. Ik zeg: 'Oké.' Ik noteer nog snel iets op de boven-ste bladzijde van het stapeltje papieren, en sta op. We staan voor de lift. De deuren gaan open. Er stappen wat collega's uit, we knikken, en stappen in de lift. Viviane zegt: 'Het eiwitdieet, heb je daar al van gehoord?' Ik zeg: 'Ja, en van het soepdieet en het pompelmoesdieet en het chocoladedieet ook. Hoe was het bij de gynaecoloog?' 'Nog zoiets. Ik moet hormonen nemen om mijn men-struatiecyclus regelmatig te krijgen. Anders weten we nooit wanneer ik vruchtbaar ben, en dan kunnen we blijven proberen.' De liftdeuren gaan open en we stappen de gang in. Ik zeg: 'Geen onaangename bezigheid, toch?' 'Als het moet wel.' Ik zeg: 'Een joint rollen en je fantas-ma's bijslijpen.' Ze neemt mijn arm vast, stapt wat trager, en fluistert: 'We hebben weleens aan porno gedacht.' Ze kijkt daarbij verschrikt. Vlak achter ons zegt de stem van

Karl: 'Fluisteraars zijn leugenaars.' We kijken achterom. Schouders in blauw hemd. Blauw staat Karl goed. Mooie schouders. Ik zag gisteren in de wijnhandel een mannelijke buste en had hem bijna gekocht. Bij nader inzicht bleek hij te duur. En ik zou niet weten waar ik hem neer moet zetten. Karl vraagt: 'Hebben de dames er iets op tegen dat ik mij bij hen voeg?' Viviane en ik kijken elkaar aan. Ik vraag: 'Hebben wij daar iets op tegen, Viviane?' Ze zegt: 'Vooruit dan.' We gaan de cafetaria binnen. Ik zeg: 'Toch geen ritje?' Karl zegt: 'Nee.' We staan in de rij, nemen elk een schotel, betalen en gaan zitten. Viviane vertelt honderduit over het feit dat de Walen veel en vet eten. Ze heeft het over een weekendje in Spa. Geen idee hoe ze daarop is gekomen. Misschien omdat ze forel op Ardense wijze serveren? Ze zegt dat ze zich daar gastronomisch nogal heeft laten gaan. Ik vraag of je dan zo goed kunt tafelen in Spa. Ze zegt: 'Nee, eigenlijk niet, maar wel veel en vet. Dat ging er allemaal niet meer af met watermassages.' Ik vraag: 'Heb je nog andere watertherapieën gevolgd?' Ze zegt: 'Ja, een halfuur in een bad bruisend water van 37°.' Ik zeg: 'Hmm, dan hangt je lijf vol bubbeltjes' en kijk in Karls richting. Viviane zegt: 'En daarna heb je een babyhuidje.' Karl vraagt: 'Smaakt jullie vis ook zo raar?' Ik zeg: 'Nee, de mijne niet.' Viviane zegt: 'De mijne ook niet.' Karl zegt: 'Je moet eens proeven.' Viviane zegt: 'Nee, dank je, als hij slecht is, is hij slecht, dan moet je die niet opeten.' 'Mag ik eens proeven?' vraag ik. Karl legt een stukje forel op zijn vork en steekt die in mijn mond. Ik zeg: 'Ik proef niets vreemds.' Karl zegt:

'Oké, dan eet ik hem maar gewoon op.' Ik zeg: 'Het is natuurlijk geen haute cuisine.' 'Je hebt daar trouwens veel kinderkledingwinkels, in Spa', zegt Viviane. 'En vrouwen- kledingwinkels ook.' Ik zeg: 'Ik heb kleren genoeg. Als je lang genoeg wacht, komt alles terug in de mode. Kijk, deze trui heb ik al vijftien jaar. Die heeft tien jaar in de kast gelegen, en nu kan ik hem weer dragen.' Karl zegt: 'Tegen die tijd zijn mijn kleren al lang versleten.' Ik zeg: 'Je mag er niet te ruw mee omgaan, natuurlijk.' Karl kijkt naar mij. Ik kijk naar Karl. Ik kijk naar Viviane. Ik vraag: 'Is dat trouwens nieuw, dat sjaaltje?' Ze zegt: 'Ja.' 'Leuk.' 'Zolang ik het niet kwijtraak. Want accessoires verdwijnen dikwijls bij mij.'

De wekker gaat. Een nieuwslezer bericht over stakingen in een autofabriek. Mijn man zet de radio op snooze en slaapt opnieuw in. Ik voel mijn ogen prikken maar de slaap is weg. Ik kruip wat dichter tegen mijn man aan. Zijn grote, warme lijf ademt rustig. Ik wacht tot de tien minuten voorbij zijn. De radio speelt weer. Muziek nu. Ik weet niet welk nummer, maar ik ken het wel. Ik geef mijn man kusjes op zijn wang. Hij trekt één oog open, kijkt daarmee naar mij, en geeft mij ook een kus. Hij zegt: 'Hallo.' Ik zeg: 'Hallo. Lekker geslapen?' Hij knikt en zegt: 'Ik wil nog.' Ik zeg: 'Het is al kwart voor acht.' Hij zegt: 'Shit. En het is vrijdag.' Hij heft zijn arm boven de dekens en schuift die onder mijn hoofd door. Ik lig nu in de kom van zijn schouder. Ik streel over zijn buik. Hij zegt: 'Dat kriebelt.' Ik streel wat hoger. Hij trekt me tegen

zich aan en we knuffelen met onze gezichten tegen elkaar. Ik schuif mijn been tussen zijn benen, mijn voet
zoekt zijn voet. Ik moet er als de wiedeweerga vandoor',
zegt mijn man. Ik zeg: 'Ik ook.' We horen de baby brab-
belen in haar bedje in haar kamer. Ik ga haar halen en leg
haar nog even tussen ons in. Ze lacht en wil kusjes
krijgen op haar wang. Mijn man en ik kussen elk één
wang. Ze lacht. Ze begint te babbelen over beertje, waarmee ze Winnie de Poeh bedoelt. Ze vindt het heel grappig
dat het beertje uit de boom valt, boem op zijn hoofd,
boem op zijn buik en boem op de grond. Ik vraag: 'O,
beertje toch, pijn gedaan?' De baby zegt: 'Nee.' Ik vraag:
'Gaan we opstaan?' Het magische woord is gezegd. De
baby wil uit bed. Ze kruipt schrijlings op mij en trekt met
haar beide handjes aan mijn schouders om me recht te
krijgen. Mijn man wisselt ondertussen van onderbroek.
Hij zegt: 'In al mijn onderbroeken zitten gaten.' Ik vraag:
'Waarom koop je geen nieuwe?' Hij zegt: 'Ja, dat moet ik
eens doen.' We beseffen dat we dit gesprek ongeveer drie
keer per week voeren, en we lachen. We gaan al jodelend
de trap af. De baby zegt: 'Melke, melke.' Ik zeg: 'Ja, we
gaan melkje maken.' Mijn man gaat naar de badkamer.
Ik volg hem, maar maak rechtsomkeert en ga meteen
naar beneden, want de baby moet eerst melk hebben. Ik
vraag: 'Gaan we niet eerst koffiedrinken?' Mijn man
zegt: 'Ja, ik kom.' Ik zet de verwarming aan en maak
melk in een papfles. Mijn man komt gekleed naar beneden en zet koffie. Ik zeg: 'Wat ben je mooi.' Hij vraagt:
'Wat is er mooi?' Ik zeg: 'Die broek staat je goed.' Hij

wiebelt met zijn achterwerk. Ik ga met de warme melk en de baby in de zetel zitten, en geef de baby te drinken. Daarna laat ik haar wat rondlopen, en drink een kop koffie. Mijn man vraagt: 'Wat moet er nog allemaal gebeuren?' Ik zeg: 'Luier, aankleden, inpakken voor de kinderopvang.' Mijn man zegt: 'Kom, we gaan luiertje doen' en neemt de baby mee naar de badkamer. Ik volg hen, en kleed me aan. Dan kleed ik de baby aan terwijl mijn man zijn haar wast. Ik laat de baby bij mijn man en ga inpakken: haar slaapzakje en fopspeen, haar dekentje, een reserverompertje. Reservekleertjes liggen er nog bij de kinderopvang. Ik ga naar beneden, en neem een rijstwafel, die ik in aluminiumpapier wikkel. Mijn man en de baby komen ook naar beneden. Ik zeg: 'Hier, een rijstwafel voor in de auto.' Hij zegt: 'Ah ja, het is mijn beurt vandaag' en kijkt daarbij alsof hij zijn planning moet omgooien. Ik vraag: 'Moet ik haar wegbrengen?' Hij zegt: 'Nee nee, het lukt wel.' Ik zeg: 'Schoenen aan' en neem de baby op mijn schoot. Ik knoop haar veters dicht. Ik zeg: 'Jasje aan.' Ze loopt weg richting keuken. 'Kom, jasje aan en dan naar tante Sofie.' Ik haal haar in en doe haar jasje aan. Ik til haar op. Mijn man is ondertussen ook geschoeid en gekleed. Hij neemt de baby van mij over, zegt: 'Dag schat' en geeft mij een kus. Ik zeg: 'Dag mijn engelen' en geef eerst de baby en dan mijn man een kus. We staan wat ongemakkelijk in het halletje met die dikke jassen en de fietsen die in de weg staan en de buggy en de tas voor de kinderopvang en de tas van mijn man. Hij manoeuvreert richting deur. De baby zwaait intussen

heftig. Ik zwaai terug. Ze gaan de deur uit. Ik zeg: 'Daag.'
Ze zeggen: 'Daag.' Ik doe de deur dicht, en spurt naar
boven om mijn handtas te pakken, en dan naar de badkamer om mijn haar te fatsoeneren en mijn ogen te
schminken. Dan ga ik naar beneden, zet de verwarming
uit, trek mijn schoenen en mijn jas aan, ga naar buiten,
zie dat het rolluik niet dicht is, ga terug naar binnen, doe
het rolluik dicht, ga weer naar buiten, trek de deur dicht,
en ga naar mijn auto. De frisse lucht vermengt zich met
de warmte die ik uitstraal. Dat komt door de koffie. Van
koffie krijg ik het altijd warm. Ik parkeer mijn auto bij het
kantoorgebouw. Ik ga de grote trappen op, loop naar
binnen, ga naar de lift en sta te wachten. Boven ga ik
rechtstreeks naar Karls kantoor. Ik vraag: 'Gaan we?' Hij
zegt: 'Ja.' Op de trappen kruisen we Viviane, die vraagt
wanneer we terug zijn. We zeggen: 'Voor de middag.'
Karl vraagt: 'Gaan we met mijn auto?' Ik zeg: 'Maar je
hebt de dienstwagen gereserveerd.' 'Ik heb meer zin in de
mijne.' 'Met jouw chique bak op terreinbezoek?' Karl
knikt. 'Zoals je wilt.' We stappen in. We glijden het verkeer in. Karl gaat een inspectie uitvoeren op een varkens-
houderij. Ze willen een stal bijbouwen. Ik ga mee om er
eens uit te zijn. En om wat meer realiteitsbesef in mijn
werk te krijgen. Ik ben al een paar dagen wat vroeger
komen werken om deze tijd in te halen. We hebben
glijdende uren, de prikklok houdt in de gaten hoe lang
we op kantoor zijn. Karl zegt: 'Wist je dat de spoiler van
een Porsche hoger gaat hangen als je harder dan hon-
derdtwintig rijdt?' Ik zeg: 'Dat doet mij meer denken aan

een vliegtuig dan aan een auto. Een auto moet zwaar zijn, aardgebonden, robuust.' Karl zegt: 'Ik weet niet.' Hij lijkt onwennig. Ik denk dat hij het gevoel heeft dat er spanning in de lucht hangt. We rijden. We komen aan. De oprit is van beton. We stappen uit. De boer komt net uit een betonnen stal. Hij geeft ons een eeltige hand. Hij zegt: 'Kom binnen.' We vegen onze voeten op een ruwe plastic mat en stappen een witte formica keuken binnen met een wit verlaagd plafond en muren die met witgeaderde beige platen zijn bekleed. Het is er koud. De boerin heeft verschillende kledingstukken over elkaar aan. Ze schenkt koffie uit een thermoskan, en geeft er lange vingers bij. De boer en de boerin praten met ons. Ze zeggen dat '99 een historisch slecht jaar was. Maar dat de prijzen de laatste jaren weer serieus verbeterd zijn. En dat ze willen moderniseren. Want: 'Geen vooruitgang, geen winst', zegt de boer. We gaan naar buiten. We steken het betonnen erf over, naar de witbetegelde hygiënesluis. We krijgen oversokken en een overall. We wassen onze handen met water en vloeibare zeep. We drogen onze handen met wegwerpservetten. Dan gaan we naar de betonnen stal. De boer toont de dekstal. De plaats waar de beren een kunstzeug dekken. Het sperma wordt daarna verdund, zodat er in plaats van één zeug twintig zeugen mee kunnen worden geïnsemineerd. Er zijn in totaal 135 zeugen, 8 beren en 1214 biggen en vleesvarkens. Maar de boer wil er een moderne vleesvarkensstal bij. Met automatische computervoeding en klimaatcomputers voor ruimte- en vloerverwarming. Hij wil ook een nieuwe speenafdeling, voor de pas gespeende biggen. In een andere stal staat iemand met een hogedrukreiniger en hoge laarzen de gang schoon te spuiten. We lopen het terrein over waarop de nieuwe stal zal komen. We komen bij de betwiste strook achteraan. Hier gaat landbouwgebied over in natuurgebied. Op het gewestplan loopt hier een streep. Karl zegt tegen de boer dat een streep van één millimeter op een kaart met schaal van 1 op 10.000 in werkelijkheid een strook van tien meter beslaat. De nieuwe stal zou met zijn laatste acht, negen meter over die strook komen. Karl bekijkt het probleem, en vraagt aan de boer of hij de stal niet net iets zuidelijker kan richten. De boer zegt dat hij dan aan de andere kant in de problemen komt, want die grond is niet meer van hem. Karl zegt dat hij nu een idee heeft van de problematiek en dat hij nog iets zal laten weten. We gaan weer naar de hygiënesluis. We trekken de overall en de oversokken uit, en wassen onze handen opnieuw. We schudden de hand van de boer en knikken naar de boerin terwijl we langs het raam lopen. De boerin knikt terug. Terwijl we de betonnen oprit afrijden, is de boer alweer in de stal verdwenen. De boerin is uit de keuken gekomen en kijkt ons na. Daarna steekt ze het erf over naar de stal.

We rijden het dorp uit, en de nationale weg op. Karl zegt: 'Ik heb bijna geen tijd meer om veldbezoeken af te leggen. Met al dat papierwerk van tegenwoordig.' Ik knik. We zwijgen een tijdje. Dan zegt Karl: 'Ik moet tanken.' Hij rijdt de parking van een tankstation op en stopt bij een pomp. Hij stapt uit, steekt zijn bankkaart in de betaalautomaat, tankt en wacht op zijn bon. Hij stapt weer in de auto met een jutezak van koude lucht om zich heen. Hij neemt zijn tijd om zijn portefeuille te pakken en het bonnetje erin te stoppen. Ik kijk naar zijn handen. Ik denk: ik ben die spanning hier beu. Ik word er zo moe van. Wat een energieverspilling. Nota bene een spanning die ik niet zelf voel, maar achterna hol als een schim. Wanneer hij klaar is met handelen, legt hij één hand op zijn stuur en één op de versnellingspook. Hij zegt: 'Hop maar weer naar ons hok.' In mijn lichaam ontstaat een beweging die zich snel inzet en doortrekt. Mijn linkerhand verdwijnt in Karls nek. Mijn mond landt brutaal en onaangekondigd op de zijne. Ik kus hem. Een tijdlang. Zijn speeksel smaakt vreemd. Elk vreemd speeksel smaakt vreemd. Hij is onwennig dus hij kust niet zo heel goed. Zijn tong doet me denken aan een varkensmignonette. Ik vraag mij plots af waarom ik eigenlijk meer realiteitsbesef in mijn werk wilde en bijgevolg deze uitstap ondernam. Is het probleem nu niet net dat ik met een teveel aan realiteitsbesef zit? Wat is er eigenlijk opwindend aan het likken van een spier? Wanneer het moment voorbij is, denk ik: maar nu zijn we er tenminste vanaf. Een eerste keer komt er nooit meer. Dus ook niet het pseudo-romantische gedoe eromheen. Karl zit nog steeds in dezelfde houding, de ene hand op het stuur, de andere op de versnellingspook. Hij lacht omdat hij niet weet wat hij anders moet doen. Hij zegt: 'Ik dacht dat het er nooit van zou komen.' Ik glimlach. Terwijl we naar huis rijden, voel ik walging rond mijn middenrif omdat ik zijn speeksel nog steeds proef. Tegelijk denk ik: zo, nu ben ik weer volledig.

Na Barcelona begonnen Vincents vader en ik opnieuw uitstapjes te maken naar allerlei plaatsen, en ook naar het hotel. Maar hij sprak niet veel meer met mij. Hij rookte veel en hij leek in zijn hoofd bezig met iets anders. Hij zag eruit alsof er een knoop lag in zijn darmen, en een knoop in zijn longen: opgeblazen en ongezond. Hij moet zo in de knoop gelegen hebben met de situatie dat hij er langzaam maar zeker zot van werd. Een look-alike van zijn dochter als minnares. Waar was hij mee bezig.

Hij werd hoe langer hoe agressiever in 't vrijen.

Hij wou hoe langer hoe minder andere dingen doen.

Ik voelde mij een hoertje en vond dat iets hebben.

De madam van het hotel zag ons al komen: Vincents vader gehaast en zwetend, zijn das half losgemaakt, en ik met het nodige flegma achter hem aan. Toen gaf ze hem de sleutel. Ze zei: 'Kamer 21, zoals gewoonlijk.' En toen keek ze naar mij en ik naar haar. Ik dacht aan Parijs en aan de negentiende eeuw.

Dan in de kleine lift. Vincents vader zei niets. En dan in de kleine kamer met het geribbelde dekbed.

Maar op een dag had ik er genoeg van. Genoeg van het geld, genoeg van de hoerenromantiek, genoeg van de reizen, genoeg van het staren naar de horizon in afwachting van de terugkeer van het sloepje, genoeg van het abstracte. Ik zat er eigenlijk al in met Jacky, in het abstracte. En daarna was het alleen maar erger geworden.

Het was alsof, sinds Jacky was ontploft door een gebrek aan deksel, ik ook moest ontploffen. Ik klom steeds hoger. Maar mijn kop was ergens blijven steken op de hoogste, leegstaande verdieping van het hotel in Lissabon. Ik had voortdurend een maquette voor ogen. Een hippe maquette, een idyllische maquette, een grootse en een weidse maquette. Met Jacky versmolt ik in het schema van een sprookje. Met Vincent en zijn vader in een beeld van coolness. Maar wie komt er echt klaar van abstractie?

Op die dag ben ik bij het raam blijven staan in het hotel, in plaats van klaar te gaan liggen op het bed terwijl Vincents vader zich uitkleedde in de badkamer.

Hij kwam uit de badkamer, in zijn blootje, zijn gebogen rug nog steeds gebogen, zijn geslacht nog niet rechtop. Hij zag er oud en versleten uit. Hij was trouwens slecht geschoren. Hij keek naar mij. Ik keek naar hem. Hij zei: 'Kom.'

Ik zei: 'Ik wil niet meer. Je doet mij pijn.'

Ik dacht: coolness zal wel weer oplichten. Zijdelings. Als de glimlach van de Mona Lisa. De mooiste glimlach. Hij zei: 'Kom, zeg ik je.'

Ik zei: 'Ik wil niet meer, zeg ik je.'

En toen is er iets gebroken in zijn hoofd, een verbinding die is doorgebrand van al zo lang onder druk te staan.

Hij stond daar als een geslagen galeislaaf:

zijn twee armen naast zijn blote lijf,

zijn schouders naar voren.

Het was het moment dat de wereld stilstaat,

III

het moment dat de dirigent zijn stok in de lucht houdt en iedereen zijn adem inhoudt voordat het concert begint,
het moment dat geen moment is,
een soort eeuwigheid in één seconde,
direct voorbij en toch eeuwig aanwezig,
een afgrond of een massa lucht waar de parachutist in valt.

En toen, onmiddellijk daarna, werden zijn ogen gesprongen zekeringen. Hij keek niet echt naar mij, in elk geval niet naar mijn ziel, mijn zelf, maar alleen nog naar mijn lijfelijke aanwezigheid.

Zijn spieren werden taai als pezen, en hij sprong met bengelend geslacht over het bed naar mij toe. Het raam zat in een nisje, dus ik kon niet goed wegkomen. Ik heb slaag gekregen, en heb dan toch uit de nis kunnen komen. Maar hij had mijn pols vast. Ik had het gevoel dat die beentjes allemaal braken terwijl ik mij los probeerde trekken. Het was 't één of 't ander:
ofwel mijn pols,
ofwel ik helemaal.
En ik ben los gekomen, ik weet niet hoe.
Ik ben naar de deur gelopen, maar die was natuurlijk al op slot, zoals gewoonlijk.
Hij heeft mij ingehaald.
Hij heeft mij op het bed gelegd.
Ik heb het spartelen opgegeven om mijn lijf te sparen.
En hij heeft mij verkracht.
Daarna begon hij te huilen,
huilen, huilen, huilen.
Maar ik kon het echt niet meer opbrengen:

nog meer medelijden, dat zou belachelijk zijn.

Ik heb de sleutel gepakt die op het nachttafeltje lag.

Ik ben naar beneden gegaan,

heb dag gezegd tegen de madam,

en ben gaan lopen.

Ongeveer een uur door de stad.

Het regende. Ik had het koud en mijn pols deed pijn, mijn armen deden pijn, mijn geslacht deed pijn, en mijn lip daar was iets mee, die voelde dik: ik voelde en ik had bloed aan mijn vinger. Ik dacht: shit, zie mij hier lopen, en ik wou maar één ding: bij Jacky zijn.

Maar bij gebrek aan Jacky zou Vincent ook wel volstaan. Ik hoopte dat hij thuis zou zijn, en dat hij thee zou zetten of warme chocomelk.

Na een uur door de regen kwam ik thuis.

Vincent keek naar mij met ogen die alles al hebben gezien, en alles weten.

Ik rende naar hem toe, nam zijn hand vast en kneep erin. Hij kneep terug.

Ik zei: 'Vincent, ge moet dit stoppen.'

Hij zei: 'Ik kan niet, mijn vader is mijn geld, en van mijn geld leef jij ook.'

Hij liet mijn hand los. Ik deinsde achteruit.

Ik keek naar hem, en naar de muur achter hem.

Vincent smolt erin weg.

Hij werd een heel groot, gebocheld stripfiguur dat zich naar mij toe boog met vervaarlijke ogen en opengesperde mond. Ik hoorde een geluid als toen in het hotel in Lissabon, toen het beton begon te lachen. Het stripfiguur nam zijn kroon van zijn hoofd, en hield de scherpe punten naar mij toe alsof het mij tegen de deur wou spietsen, en het lachte daarbij heel luid, en het riep: 'Dit is uw straf!' Ik ben naar buiten gelopen, terug op straat, de regen in.

Het is koud buiten. Ik pak de baby in. Ze wil alweer weglopen terwijl ik haar jasje aandoe. Ze loopt de woonkamer in met haar jas aan één arm. Ik haal haar in, en doe het jasje volledig aan. Dan muts en sjaal. Dan mijn eigen jas. Mijn laarzen. Mijn handtas. Ik neem de baby op en wring me naar buiten door de deur, die door de fietsen in de gang niet ver open kan. De auto staat voor de deur geparkeerd. Ik doe de auto open met de sleutel. De baby zegt: 'Leutel.' Ik zeg: 'Sleutel.' Ik geef de baby een kus op haar wang. Ik zet de baby in de babystoel. Ik probeer haar vast te klikken, wat bemoeilijkt wordt door haar dikke jas. Er zit iets onzichtbaars klem. Ik maak een geluid bij de inspanning. De baby doet me na en zegt: 'Uh uh.' Uiteindelijk klikt de gesp dicht. Ik zeg: 'Ziezo, dicht!' Ik ga achter het stuur zitten. Ik rij weg. Ongeveer drie minuten later zoek ik weer een parkeerplaats. Ik parkeer de auto. Ik zeg: 'Gaan we naar de winkel?' Ik stap uit de auto. Ik haal de baby eruit. Ik zet haar op de stoep. Ik zeg dat ze stil moet blijven staan en doe het portier op slot. Ik vraag: 'Handje?' De baby geeft mij een hand, en we lopen. We gaan een trapje op. Een trede. Ik duw de glazen deur van de kaas- en charcuteriewinkel open en leid de baby naar binnen. Ik loop langs de toog. Er is niemand in de winkel. Er gaat een deur open en de verkoopster komt tevoorschijn. Ze lacht niet. Ze zegt: 'Goeiendag.' Ik zeg: 'Goeiendag.' Ik zeg: '250 gram jonge kaas alstublieft.' Ze neemt de jonge Gouda en zegt ondertussen: 'Gewone jonge?' Ik zeg: 'Ja.' Ik bekijk de charcuterie terwijl ze de kaas snijdt. Ik denk: vissla hebben we nu al genoeg gegeten. En: bah, geperste kop, dat ziet er zo vies uit. De baby wil achter de toonbank lopen. Ik haal haar in en pak haar op. Ik zeg: 'Dat is van mevrouw.' De baby zegt: 'Jouw.' De verkoopster staat weer klaar. Ik zeg: 'Drie droge worstjes, alstublieft.' 'Drie droge worstjes? Ja, zenne.' Ze gaat op haar tenen staan, buigt voorover terwijl ze met haar hand haar schort een beetje optilt bij het schootzakje, neemt drie worsten, kijkt bij het omdraaien naar buiten en zegt ondertussen: 'Dat zijn goeie droge.' Ik zeg: 'Ja.' De baby zegt: 'Hmm.' Wanneer de verkoopster zich weer omdraait, zeg ik: 'En 150 gram préparé, alstublieft.' Ze neemt een plastic potje van de juiste grootte en zegt: '150 grammekes?' Ik zeg: 'Ja.' 'Mag dat met ajuintjes zijn?' 'Nee, dank u, liever zonder.' De verkoopster neemt de bak préparé en zet die naast het plastic potje. Ze schept de préparé in het potje. Ze zet het potje op de weegschaal. Die valt precies op 150. Ik denk voor het eerst: die weegschalen zijn waarschijnlijk voorzien op afronden. Tot nog toe had ik telkens het inschattingsvermogen van het personeel bewonderd. En zo raakt de wereld steeds meer onttoverd. De baby zegt: 'Hmm.' Ik zeg: 'Lekker.' De verkoopster zegt: 'Amai, dat is precies een goed eterke.' Ik zeg: 'Ja, ik mag niet klagen.' 'Dat is plezant.' 'Ja, want anders zoudt ge u zorgen beginnen maken.' 'Mag hij een schelleke vlees hebben?' 'Dat heeft ze nog nooit gegeten.' 'Is 't waar? O, die van mij, die aten dat heel graag.' 'Ja?' 'Ja, hespenworst, dat ging erin 'lijk niets. Hier, manneke.' Ze houdt een opgerold plakje charcuterie boven de toonbank. Ik zeg: 'Dank u, mevrouw' op een toon die tot de baby en via de baby tot de verkoopster gericht is. De baby neemt het rolletje charcuterie in haar handje, steekt het in haar mond en kijkt naar mij. Ik zeg: 'Lekker? Gekregen van mevrouw.' Ik zeg: 'En dat zal het zijn.' 'Dat zal het zijn? Dank u.' Ze rekent af. Ze zegt het bedrag. Ik zet de baby weer op de grond. Ik betaal. De baby verdwijnt achter de toonbank. Ik ga achter haar aan, neem haar op en pak het plastic zakje dat de verkoopster mij aanreikt. Ze zegt: 'Voilà, dat is in orde.' Ik zeg: 'Tot ziens.' Ze zegt: 'Dag en bedankt.' Ze kijkt weer naar buiten. Ze zegt: 'Vandaag is 't koud.' Ik zeg: 'Amai, het heeft gevroren deze nacht.' Ze zegt: 'Maar wij hadden nog geen winter gehad, eigenlijk hè.' 'Nee, maar ik heb mijn oleander niet binnengezet.' 'Maar als 't regent is 't ook iets. Zo is 't achter 't glas toch nog goed.' 'Ja, binnen is de zon warm.' 'Ja. Allez, dag hè', zegt de verkoopster. Ik zeg: 'Daag' en 'Kom, schat' tot de baby, die ik intussen weer op de grond heb gezet om de deur te kunnen openen. Ik neem de baby bij de hand, help haar de trede af en we lopen terug naar de auto.

Sinds het incident in de auto denkt Karl dat hij dichter bij me staat. Hij veroorlooft zich meer. Onnozele grapjes, nog meer in en uit mijn kantoor lopen, al eens een arm over mijn schouder. Ik weet niet waarvan ik het meeste walg. Hij volgt me naar het toilet, en kust me tegen de spiegels. Ik laat hem een tijd begaan. Ik denk: flirthonger komt vast ook al etend. Maar na een paar weken moet ik concluderen dat het geen zin heeft. Ik zeg: 'Karl, laten we ermee ophouden.' Hij zit voor mijn bureau op de stoel, zijn normale plaats. Hij reageert niet echt. Hij lijkt vastgenageld. Het is waarschijnlijk een slag in zijn gezicht. Zijn apentrots gekrenkt. Een afwijzing. Hij zit plots ongemakkelijk met zijn voet over zijn knie. Hij gaat rechtop staan, en zegt: 'Jammer.' Ik zeg: 'Het leidt toch nergens toe.' Hij zegt: 'Voor jou moet alles ergens toe leiden. Maar niets leidt ergens toe. Alles is zoals het is. En daarmee is de kous af.' Ik zeg: 'Karl, laten we er geen filosofische discussie van maken.' 'Ik zeg gewoon dat ik het jammer vind, dat is alles.' 'Ik vind het ook jammer, echt waar.' 'Dan ga ik maar wat verder werken', en hij stapt mijn kantoor uit. Ik kijk naar zijn rug, zijn haar, zijn hemd, zijn schouders, zijn broek, zijn riem. Sinds het lichamelijke contact waren die hun lichte zweem van magie kwijt, nu kan die belofte misschien terugkomen. Maar ik weet dat, terwijl ik vuur in de kachel probeer te krijgen, Karl mij snel vergeten zal zijn. Ik leun achterover in mijn stoel. Er komt een dekentje van melancholie op mijn schouders liggen. Ik denk: ik zal toch opnieuw een fantasma moeten vinden. Ik kijk naar het biggetje op de kalender. De das is blauw. De mand is groen en rood geblokt. Groen en rood geblokt. Ik kijk naar de muren. De muren zijn wit. Ik kijk naar mijn nagels. Ik denk: ik zou ze misschien eens moeten lakken. Plots denk ik: o nee, ik ben de verjaardag van mijn schoonmoeder vergeten. Ik bel haar op. Ik spreek een boodschap in, zeg dat we dit weekend langskomen. Dan komt Viviane binnen.

Viviane zegt: 'De dagen zijn kort nu.' Ik zeg: 'Heel kort.' Ze zegt: 'Je hebt eigenlijk geen tijd om te beseffen dat het dag geweest is.' Ik zeg: 'Morgenavond zetten we de kerstboom.' Ze zegt: 'O, de mijne staat al.' Ik zeg: 'Ik ben er altijd laat mee. Ik wil hem dit jaar zo klassiek mogelijk versieren. Ik heb daar wel een beeld van, maar weet eigenlijk niet hoe ik het moet aanpakken.' Viviane zegt: 'Misschien eens op internet kijken.' 'Daar had ik nog niet aan gedacht.' 'Ik krijg altijd huiduitslag van kerstbomen.' 'Je moet handschoenen aandoen.' 'Ja, dat is juist.' Karl komt voorbij. Hij knikt naar Viviane. Nu is er misschien nog smeltende sneeuw, of smeulend vuur. Maar morgen is zijn verschijning weer zo vlak als een foto. Viviane zegt: 'Voor Karl hier is, moet ik nog iets zeggen.' 'Mag Karl het niet weten?' 'Liever niet. Eigenlijk liever nog niet te veel mensen.' 'Vertel.' 'Ik ben zwanger.' Ik krijg een warme golf in mijn maag. Ik sta op en omhels haar. Ik zeg: 'Proficiat, zo snel toch al?' Ze zegt: 'Vind je zes maanden snel?' Ik zeg: 'Het gemiddelde is één jaar.' 'Ja, ik weet het, maar allez, het is zover.' 'Hoe lang al?' 'Vier weken.' 'Dan is het voor september?' 'Half augustus.' Ik zeg: 'Een zomerkind, een leeuw.' Ze zegt: 'Ja.' Ik zeg: 'Net als dat van mij. Wat wil je het liefst? Een jongen of een meisje?' 'Een meisje, denk ik.' 'Dat wou ik ook. Voor een eerste kind.'

Ik kom thuis met de baby. Ik zet de verwarming aan. De baby wil eten. Ik neem het brood en het beleg. Er wordt aan de deur gebeld. Ik ga opendoen. Er staan twee grote, vreemde mannen voor de deur. Een van hen heeft een muts op. Die met de muts zegt: 'Goeiendag, wij zijn de mannen van de vuilnis. Wij komen een gelukkig nieuwjaar wensen.' Ik zeg: 'Ah ja', laat de deur openstaan en ga de woonkamer weer in. Ik hoor hem zeggen: 'Dank u.' De baby drentelt naar de deur en staat wat lief te doen tegen de vuilnismannen. Ik kom terug met een omslag met geld er in. Ik zeg: 'U bent de eersten die mij gelukkig nieuwjaar wensen.' Hij neemt het geld aan en zegt: 'Bedankt, en maak er nog een goed jaar van.' Ik zeg: 'Daag.' Ze zeggen: 'Daag.' Ze zwaaien als kinderen naar de baby. De baby zwaait terug. Ze vertrekken weer. Ik doe de deur toe. De baby en ik eten boterhammen met kaas. En zoet paardenvlees. Dan gaan we naar boven. Haar luier is vuil. Ik doe hem uit en vraag: 'Gaan we in bad?' De baby zegt: 'Bad.' Ik laat de baby in haar blootje door de badkamer lopen terwijl ik haar badje vul. Ik voeg een scheutje baby-olie toe aan het badwater. Ik laat de baby spelen in het water. Met de eendjes. Dan was ik haar haar, haar armpjes, haar buikje, haar billetjes. Dan afspoelen. Dan afdrogen met het minibadjasje. Dan talk overal, als poedersuiker op een wafel. En over het huidje uitwrijven. Schoon rompertje aan, schone pyjama. Haartjes drogen en kammen. Fopspeen in de mond. Ik neem de baby op, en ga de trap af naar beneden om haar papflesje te maken. Ik maak haar papflesje terwijl ik met één

been op de grond en met één been op een kruk sta,
zodanig dat de baby op mijn dijbeen kan zitten, en ik
haar niet de hele tijd hoef te tillen. Ik schud de papfles.
Die is behaaglijk warm. De baby zegt: 'Melke.' Ik zeg: 'Ja,
melkje.' We gaan naar boven. Op haar kamer steek ik het
waaklampje aan. Ik doe haar slaapzakje aan. Ik wikkel
haar in een dekentje. Ik ga op de grond zitten in kleer-
makerszit en leg de baby op mijn schoot, met haar hoofd
in de kom van mijn arm. Ze drinkt haar papfles leeg.
Gaandeweg sluit ze de ogen. Wanneer de melk op is,
duwt ze de fles weg en neemt haar fopspeen. Met gesloten oogleden zegt ze 'Jaap kinke', terwijl ze haar gezichtje
in mijn bovenarmspier duwt. Ik begin stil te wiegen en
zing zacht: 'Slaap kindje slaap. Daarbuiten loopt een
schaap. Een schaap op witte voetjes. Die drinkt zijn mel-
lek zo zoetjes. Slaap kindje slaap. Daarbuiten loopt een
schaap.' Een paar keer na elkaar. De baby slaapt. Ik blijf
nog lang zitten, om zeker te zijn dat ze diep slaapt. Dan
sta ik op, ik leg haar in haar bedje en dek haar nog eens
goed toe met een dekentje. Ze heeft twee warme deken-
tjes: een groen, gestolen op een Virgin-vlucht, en een wit,
van de geboortelijst. Ik kijk naar haar engelachtige gezicht. Ze wrijft plots woest aan haar neusje. En dan slaapt
ze weer alsof ze altijd geslapen heeft. Ik ga de kamer uit.
De deur laat ik op een kier.

Het is nacht.

En ik ben weggelopen weggelopen weggelopen,

Ik hoor de baby op een vreemde manier huilen.

door het park en de winkelstraat,

Met tussenpozen, en alsof ze kucht en slikt.

naar het station,

Ik stap het bed uit, ga naar haar kamer, naar haar bedje.

en daar heb ik zonder te betalen

Ik merk dat ze aan het braken is

een trein gepakt.

Alles is vuil.

En ik ben een uur later

Haar pyjama, haar slaapzak.

op een groot station uitgestapt,

Haar dekentje, het laken.

en ik ben op een bank gaan zitten,

De matrasbeschermer, de teddybeer.

121

en na een tijdje gaan liggen

Ik til haar uit het bedje.

en ik heb geslapen

We gaan door het donkere huis naar de badkamer.

alsof ik nog nooit geslapen had.

Ik doe haar pyjama uit en haar rompertje. Voor een bad is het te koud. Ik neem een washandje en maak het nat met warm water. Ik wrijf over haar gezichtje, haar lijfje, haar haren. Ik doe haar een nieuw rompertje aan, en een schone pyjama. Ik spoel haar fopspeen. Mijn man komt kijken. Ik vraag of hij de oude matrasbeschermer op ons bed wil leggen, want onze matras is eigenlijk nog steeds niet beschermd. Mijn man zegt: 'Ik zal ook een paar handdoeken meenemen.' We gaan terug naar boven. Mijn man maakt ons bed klaar en ik sus de baby. Ik leg de baby op een handdoek in het bed, tussen mijn man en mij. Mijn man geeft mij een nachtkus. Ik trek de baby tegen mij aan. Haar handjes voelen stil aan mijn gezicht. Haar gezicht wil zo dicht mogelijk bij het mijne komen. Ze wrijft haar huid tegen mijn lippen. Ik geef kusjes op haar gezicht. Ze slaapt onmiddellijk in.

En Maria kwam naast mij zitten.
Ze streelde over mijn haar
en vroeg: 'Wat is er, zoetje?'
En ik zei:
'Moeder Maria,
vol van vrede,
ik wou
dat ik getrouwd was,
en een kind had,
en een kanarie misschien.
En dat ik werk had,
en genoeg geld om een mooi huis te kopen,
een zachte bank en lichte lampen,
en dat het gezellig was,
en dat mijn kind gelukkig was.
Dat we een tuin hadden met veel planten:
klimplanten en bamboes,
geraniums en vetplanten.
En dat het gezellig warm was binnen,
dat er een haard in huis was,
dat ik redelijk vroeg thuiskwam 's avonds
en bij mijn kind kon zijn.
En als het kind gaan slapen was,
zat ik met mijn man op de grote bank,
voeten tegen voeten,
mijn tenen onder die van hem
om ze warm te houden,
want hij was een lekker warme stoof,
ook in bed.

En ik had tijd om tijdschriften te lezen,
of om mooie romans te lezen,
en om naar de sauna te gaan,
en om lekkere dingen te koken.
Ik zou wachten tot mijn kindje vijf jaar is
en dan zouden we samen koekjes bakken,
en een cake.
En misschien zou mijn kindje,
als het een meisje is,
wel ballet doen.
In de herfst zou ik met mijn man naar de Ardennen gaan,
en vis en varken eten
met heerlijke rode wijn.
We zouden ook gaan wandelen:
heuvel op heuvel af,
in de bossen,
en we zouden langs een kapelletje komen
van Sint-Antonius,
patroonheilige van de varkens,
behangen met worsten.
Het weer zou heerlijk zijn:
niet te fris, niet te warm,
en we zouden kussen op een belvedère,
of op een brugje over een beekje.
En na het eten zouden we gaan slapen,
redelijk vroeg.
En ik zou een binnenhuisarchitect laten komen,
en die zou ons huis nog gezelliger maken,
en heel stijlvol.

Ik zou over de grond rollebollen
met mijn baby,
en ik zou gelukkig zijn
gelukkig zonder meer.'

Verantwoording

Met dank aan Roel en Anaïs Verniers.

Ook dank aan mevr. Marleen De Maesschalck, dhr. Maurits Foblets en dhr. Gilbert Kolacny (Administratie Ruimtelijke Ordening, Huisvesting en Monumenten en Landschappen: Afdeling Ruimtelijke planning en Provinciale afdeling Limburg).

Het verhaal van de vader, het meisje en het sloepje is geïnspireerd op *Vader en dochter* (2000), een animatie-filmpje van Michael Dudok de Wit.